KB114724

LORD
RAY
SHADE

영주 레이샤드

한승현 판타지 장편소설
FANTASY FRONTIER SPIRIT

영주 레이샤드 2

한승현 판타지 장편 소설

초판 1쇄 찍은 날 § 2014년 5월 20일
초판 1쇄 펴낸 날 § 2014년 5월 27일

지은이 § 한승현
펴낸이 § 서경석

편집부장 § 권태완
편집책임 § 한승현

펴낸곳 § 도서출판 청어람
등록번호 § 제387-1999-000006호
등록일자 § 1999. 5. 31
어람번호 § 제1-1853호

주소 § 경기도 부천시 원미구 부일로 483번길 40 서경B/D 3F (우) 420-822
전화 § 032-656-4452팩스 § 032-656-4453
http://www.chungeoram.com
E-mail § chungeorambook@daum.net

ISBN 979-11-316-9038-3 04810
ISBN 979-11-316-9036-9 (세트)

LORD

영주 레이샤드

RAY SHADE

브론즈 남작가에서
온 손님

2

한승현 판타지 장편소설

FANTASY FRONTIER SPIRIT

LORD RAYSHADE

영주 레이샤드

CONTENTS

제6장

선택의 시간 Part 1

1

"영주님, 날이 어두워졌습니다. 그만 침실로 드세요."

자정이 넘자 실비아가 집무실 문 밖에서 걱정스러운 목소리로 말했다.

그녀는 레이샤드가 아직도 서류들을 살피느라 고생하고 있다고 생각했다.

영주로서 영지의 일을 살피는 것도 좋지만 건강이 우선이었다. 그리고 규칙적인 생활처럼 건강에 도움이 되는 것도 없었다.

"혹시 주무시나?"

오전 중에 피곤해하던 레이샤드를 떠올린 실비아가 조심스럽게 집무실 문을 열었다.

　하지만 레이샤드는 집무실 책상에 앉아 생각에 잠겨 있었다. 그 표정을 보아하니 왠지 방해를 해서는 안 될 것 같았다.

　"하아, 또 무슨 일이 영주님을 골치 아프게 한 거람."

　실비아가 나직이 한숨을 내쉬었다.

　분명 오후에 아돌프가 가져온 두꺼운 서류 뭉치들 중 하나에 문제가 생긴 것이라고 확신했다.

　"이럴 게 아니라 간식이라도 가져다 드려야겠어."

　실비아는 냉큼 주방으로 달려가 밤에 먹어도 부담스럽지 않을 우유 스튜를 준비했다. 그리고 집무실 책상 옆에 조심스럽게 내려놓았다.

　"아, 실비아."

　그제야 실비아의 등장을 알아챈 레이샤드가 고개를 돌렸다.

　그러자 실비아가 가볍게 고개를 숙이며 말했다.

　"시장하실 것 같아서 준비했어요, 영주님. 무슨 일인지는 모르겠지만 드시면서 하세요."

　눈을 돌리자 김이 모락모락 나는 따끈한 우유 스튜가 들어왔다.

　레이샤드는 자신도 모르게 군침이 돌았다.

피곤함에 건성으로 저녁을 먹어서인지 배가 고프던 차였다.

"고마워, 실비아. 잘 먹을게."

레이샤드는 그 자리에서 우유 스튜를 뚝딱 해치웠다.

배가 든든해지자 한결 기분이 좋아졌다. 자연스럽게 생각도 긍정적으로 변했다.

'나도 참. 레오니스 소드를 뛰어 넘는 검술이라는데 뭘 망설이고 있는 거야?'

실비아가 빈 그릇을 들고 집무실을 나서기가 무섭게 레이샤드는 마음을 정했다.

시험의 궁은 분명 이 검술이 레오니스 소드보다 훌륭하다고 말했다. 그렇다면 일단 한 번 부딪쳐 볼 필요가 있다고 여겼다.

어렵게 결론을 내리자 다시 졸음이 물밀 듯 쏟아졌다.

시험의 궁에서 보낸 하루까지 더하면 이틀을 꼬박 샌 꼴이니 더 이상은 버티기 어려워 보였다.

레이샤드는 집무실을 나서 곧바로 침실로 향했다. 그리고는 침대 위에 엎어져 그대로 잠에 빠졌다.

"하아……. 영주님."

레이샤드의 이불을 덮어주려 들어왔던 실비아가 안타까운 표정을 지었다. 하지만 잠에 빠진 레이샤드는 더없이 편한 얼굴이었다.

그렇게 힘겨운 하루가 지나갔다.

2

다음 날 아침.

"으으……."

레이샤드는 무거워진 몸을 이끌고 집무실로 향했다.

실비아는 피곤하면 조금 더 잠을 자두라고 권했지만 영주가 되어 늦잠 자는 모습을 자주 보일 수는 없는 노릇이었다.

자고로 영주라면 다소 업무가 과중하더라도 티를 내지 않고 묵묵히 자신의 역할에 충실해야 했다.

그것이 레이샤드가 아버지인 하르베스 폐황태자로부터 보고 배운 것이었다.

하지만 이틀간 쌓인 피로를 고작 하룻밤 만에 풀기란 솔직히 어려운 일이었다.

"이대로는 안 되겠어."

레이샤드는 자리에서 일어나 시험의 궁으로 향할 준비를 서둘렀다.

피곤한 얼굴로 집무실 책상 앞에 앉아 있는 것보다는 시험의 궁에 머무는 게 훨씬 마음이 편할 것 같았다.

다행히도 책상 위에 쌓여 있는 서류의 양은 고작 두 뭉치밖에 되지 않았다.

레이샤드가 단 하루 만에 모든 서류를 전부 훑어봤을 것이라 예상치 못한 결과였다.

아돌프는 레이샤드의 정무 능력을 감안해 일거리를 가져왔다.

하루에 많게는 세 뭉치에서 적게는 한 뭉치까지, 레이샤드가 서류를 살피는 속도에 맞추어 새 서류들을 추가했다.

일반적으로 레이샤드가 여섯 뭉치의 서류를 살피는 데 걸리는 시간은 대략 사흘에서 나흘 정도.

그래서 아돌프는 전날 오후에 새로운 서류 두 뭉치를 가지고 집무실을 방문했다.

레이샤드가 하루 새 서류 두 뭉치 정도는 충분히 살폈으리라 계산한 것이다.

하지만 놀랍게도 레이샤드는 여섯 뭉치의 서류를 전부 아돌프에게 내주었다. 덕분에 오늘 처리해야 하는 서류는 두 뭉치밖에 없었다.

레이샤드는 서류 뭉치를 들고 서재로 향하는 문 옆에 놓인 소형 탁자 위에 올려놓았다. 그리고 검과 검술서를 챙긴 뒤 서재의 문에 정체불명의 열쇠를 꽂았다.

후아아아앗!

문을 열자 시커먼 어둠이 반기듯 레이샤드를 집어삼켰다.

깜짝 놀란 레이샤드가 반사적으로 눈을 감았다. 그리고 다시 눈을 떴을 때 그는 시험의 궁 안에 있었다.

"후우……."

나직이 숨을 고른 뒤 레이샤드는 탁자가 있을 법한 곳으로 걸음을 옮겼다.

예전 같았다면 주변이 눈에 익숙해질 때까지 기다렸겠지만 실험의 궁의 능력을 파악한 이상 이제는 굳이 그럴 필요가 없을 것 같았다.

아니나 다를까.

레이샤드가 발걸음을 내딛는 앞쪽에 낯익은 탁자의 모습이 드러났다.

"의자와 펜, 그리고 종이를 좀 줘."

레이샤드가 천정을 올려다보며 소리쳤다.

그러자 탁자 주변에 큼지막한 의자가 나타났다. 탁자 위로는 고풍스런 펜과 수북이 쌓인 하얀 종이들이 모습을 드러냈다.

레이샤드는 지친 듯 의자에 주저앉았다. 그러자 자신도 모르게 졸음이 치밀었다.

마음 같아서는 한숨 잠을 자고 싶었다. 하지만 그랬다간 하루 일과가 엉망진창이 될 것 같았다.

"내가 너무 피곤해서 그러는데 피로가 싹 가실 만한 게 없을까?"

레이샤드가 기대감 어린 눈으로 천정을 올려다봤다. 그러자 시커먼 어둠이 책상 위로 넘실거리더니 정체 모를 음료를 두고 사라졌다.

"이걸 마시면 피로가 가신단 말이지?"

레이샤드는 거리낌 없이 음료를 마셨다.

꿀꺽꿀꺽.

청량한 음료가 목을 타고 넘어가는 순간 온몸을 짓눌렀던 무거움이 단숨에 사라져 버렸다.

"후우……. 이거 대단한데?"

마치 시원한 얼음물에 몸을 담근 것 같은 기분에 레이샤드는 정신이 번쩍 들었다.

이제야 비로소 새로운 하루를 시작할 수 있을 것 같았다.

잠시 숨을 고른 뒤에 레이샤드는 검술서부터 펼쳤다.

봐야 할 서류는 두 뭉치뿐이었다. 그 정도면 식사 후에 살펴봐도 무리가 없을 것 같았다.

그보다는 검술을 익히고 싶은 마음이 더 컸다.

밤새 고민해 어렵게 마음을 정한 만큼 정체 모를 마나 익스핀을 한시라도 빨리 체험해 보고 싶었다.

"어디 보자……."

레이샤드는 다시 한 번 검술서의 마나 익스핀에 대해 살폈다.

설명에는 특별한 자세를 취할 필요 없이 정신을 집중하고 마나를 받아들이면 된다고 나와 있었다.

그리고 정해진 마나 통로를 따라 마나를 움직이다 보면 마나 로드(마나가 움직일 수 있도록 활성화시켜 놓은 길)를 완성할 수 있다고 말했다.

레이샤드는 검술서의 설명처럼 의자에 앉은 채로 눈을 감았다. 그리고 평소 익히고 있던 호흡법과 명상법에 따라 정신을 집중하고 호흡을 가지런히 했다.

레이샤드는 하르베스 폐황태자로부터 기초적인 명상법과 호흡법을 배웠다.

명상법과 호흡법은 실전 검술에 들어가기 전에 마나를 느끼고 적응하기 위한 용도로 주로 활용되는 것이다.

둘 다 마나 운용법이 빠져 있어 마나 익스핀이라 부를 수는 없지만 퍼스트 익스핀의 마나를 축적하는 과정을 본 따 만들었다.

그래서 퍼스트 익스핀에 적응하는 데 상당한 도움이 되는 것으로 알려져 있었다.

대륙에 퍼진 대부분의 명상법과 호흡법은 마나 익스핀과의 반발이 거의 없는 편이었다.

가끔 조건이 까다로운 마나 익스핀이 없지는 않았지만 다행히도 검술서의 마나 익스핀은 호흡법의 자세만 다를 뿐 기본적인 틀은 다른 마나 익스핀과 큰 차이가 없어 보였다.

명상을 통해 마음이 차분해지자 레이샤드는 크게 숨을 들이켰다.

후읍.

길게 들이켠 공기가 기도를 통해 몸 안으로 들어갔다.

자연스럽게 호흡법이 익숙해진 몸이 알아서 공기 속에서 마나 성분을 걸러내기 시작했다.

그렇게 몇 차례 호흡을 계속하자 폐부에 쌓인 마나가 제법 묵직해지기 시작했다.

레이샤드는 그 마나를 마나홀 쪽으로 이끌었다.

아직 명확한 마나 로드가 완성되지 않은 탓에 적잖은 마나들이 흩어져 버렸지만 그래도 절반 가까운 마나는 무사히 마나홀 속으로 빨려 들어갔다.

여기까지가 일반적인 호흡법이었다.

그다음으로 마나 로드를 통해 마나홀에 축적된 마나를 정순(貞純)하게 만드는 것이 바로 마나 익스핀의 역할이었다.

레이샤드는 다시 숨을 골랐다.

명상법과 호흡법을 통해 미량의 마나가 축적되면서 마나홀이 열린 상태였다.

이제 검술서에 적혀 있는 대로 특별한 마나 익스핀을 운용하는 일만 남았다.

마음의 결정을 내리긴 했지만 레이샤드는 살짝 걱정이 됐다.

만에 하나 검술서의 마나 익스핀이 잘못된 것이라면 7년이 넘는 시간 동안 축적해 온 마나는 물론이거니와 어렵게 다져 온 마나홀까지 사라질 수 있었다.

치미는 망설임을 털어내듯 레이샤드는 질근 입술을 깨물었다. 그리고 검술서에 나와 있는 대로 마나를 움직이기 시작했다.

쿵! 쿠웅!

마나홀의 마나를 의지대로 이끌며 마나 로드를 개척한다는 것은 생각처럼 간단한 일이 아니었다.

고작 마나홀에서 명치 부근까지 마나를 끌어 올렸을 뿐인데도 레이샤드의 얼굴에서는 식은땀이 흐르기 시작했다.

레이샤드는 어렵게 명치까지 이어지는 마나 로드를 새겼다. 하지만 그다음부터는 좀처럼 손을 쓰지 못했다.

검술서에 적힌, 마나 로드를 이어야 할 첫 번째는 다름 아닌 심장이었다.

심장에 마나를 공급해 마나 순환의 원동력으로 삼는 것은 일반적인 고급 검술들의 공통적인 습관이었다.

문제는 심장으로 들어가는 마나의 통로를 찾기가 난해하다는 것이다.

심장의 맥동이 워낙 강하다 보니 어느 것이 심장으로 들어가는 것이고 어느 것이 심장에서 나오는 것인지 파악하기가 쉽지 않았다.

이런 때에 조력자가 있다면 큰 힘이 되겠지만 애석하게도 레이샤드는 홀로 마나 익스핀을 익혀야 할 처지였다.

그렇다고 아무렇게나 마나 로드를 열었다간 마나 역류와 같은 부작용이 생길 수 있었다.

머릿속이 복잡해진 레이샤드가 자신도 모르게 천정을 올려다봤다.

시험의 궁이라면 자신을 도와줄 수도 있을 텐데, 하는 마음이 자연스럽게 머릿속을 스쳐 지났다.

그런 레이샤드의 속마음을 알아챈 것일까?

쿠르르르릉!

원탁의 주변을 휘돌던 어둠이 단숨에 일어나더니 레이샤드의 몸속으로 빨려 들어갔다. 그리고는 주저하는 레이샤드의 마나를 잡아끌어 단숨에 심장으로 연결시켜 주었다.

그 순간,

스아아아앗!

마나홀에서 솟구친 강렬한 마나가 심장을 단번에 활성화

시켰다.

쿵쾅. 쿵쾅.

심장이 거칠게 요동쳤다.

그 박동에 맞추어 레이샤드는 정신없이 마나 로드를 개척해 나갔다.

3

레이샤드가 다시 정신을 차렸을 때 그의 몸은 정체 모를 검술서의 마나 익스핀이 자리 잡은 상태였다.

"이, 이게 마나 익스핀……!"

미약하게나마 온몸을 휘돌고 있는 마나의 흐름을 느끼며 레이샤드는 벅찬 감동을 받았다.

그토록 배우고 싶어 했던 실전 검술을 익히게 됐으니 감정이 북받치는 것도 무리는 아니었다.

레이샤드는 정신을 집중해 마나의 흐름을 관조해 보았다.

정말로 특별한 자세를 취하지 않았음에도 호흡에 딸려 들어온 마나가 마나 로드를 통해 온몸으로 퍼져 나가는 게 느껴졌다.

온몸을 휘돌며 정화가 된 마나들은 다시 마나홀 속에 차곡차곡 채워졌다.

자연스럽게 레이샤드의 아랫배에서는 제법 묵직한 느낌이 감돌았다.

다행히도 자세에 구애받지 않는 마나 익스핀은 아무런 부작용도 없었다.

부작용은커녕 마나의 흡수율(호흡 중 마나를 흡수하는 능력)과 정화 능력, 축적률(정화된 마나를 마나홀 속에 저장하는 능력)까지 완벽한 훌륭한 마나 익스핀이었다.

감히 자신할 수는 없었지만 대륙의 그 어떤 마나 익스핀과 비교하더라도 손색이 없을 것 같았다.

무엇보다 의지에 따라 언제든지 퍼스트 익스핀을 운용할 수 있다는 게 마음이 들었다.

직접 체험하고서야 레이샤드는 자세에 구애받지 않는다는 게 얼마나 큰 이득인지를 알게 됐다.

일반적인 마나 익스핀의 경우 마나 운용이 주가 되는 세컨드 익스핀에 비해 마나를 축적하고 정화하는 퍼스트 익스핀을 운용할 때 고도의 집중력을 요구했다.

그래서 대부분 특정한 자세를 취하고 다른 이들의 방해를 받지 않는 공간에서 퍼스트 익스핀을 운용하곤 했다.

그러나 레이샤드가 익힌 마나 익스핀의 경우 자세에 구애받지 않기 때문에 언제 어디서든 마음만 있으면 퍼스트 익스핀을 운용할 수 있었다.

그렇다는 건 퍼스트 익스핀 도중에 방해를 받더라도 별다른 부작용이 없다는 의미였다.

경우에 따라서는 깨어 있는 내내 마나 익스핀을 운용할 수 있게 될지도 몰랐다.

기사들에게 있어서 검술을 훈련하는 것만큼 중요한 게 마나 익스핀을 운용하는 것이었다.

만일 레이샤드가 기사를 꿈꿨다면 정말 엄청난 경쟁력을 갖추게 된 것이나 마찬가지였다.

비록 기사를 지망하는 것은 아니지만 영주로서 기사 못지않은 검술 실력을 갖출 수 있다는 것 역시 커다란 행운이었다.

"이럴 게 아니라 그럴듯한 이름을 붙여야겠어."

레이샤드는 들뜬 마음을 감추지 못했다. 그리고 잠시 뒤, 정체 모를 검술에 하르베스 소드라는 이름이 붙여졌다.

4

시험의 궁에서 보내는 한 달이라는 시간은 빠르게 흘렀다.

레이샤드는 하루가 멀다 하고 시험의 궁을 드나들었다.

자연스럽게 현실 시간으로 한 달 만에 시험의 궁에서도 한 달이라는 시간을 채우게 됐다.

"드디어 오늘이구나."

선택의 순간만을 남겨 둔 레이샤드가 크게 숨을 들이켰다. 그리고 검을 챙겨들고 시험의 궁으로 향했다.

후아아아앗!

오늘따라 유난히도 짙은 어둠이 레이샤드를 반겼다.

눈 깜짝할 사이에 도착한 시험의 궁은 여느 때와 다름이 없었다.

레이샤드는 걸음을 옮겨 탁자를 찾았다. 탁자 위에는 못 보던 서신 한 장이 놓여 있었다.

레이샤드는 조심스럽게 서신을 살폈다.

그 안에는 문지기의 마지막 전언이 담겨 있었다.

그동안 고생하셨습니다.

이제 시험의 시간은 끝이 났습니다.

당신 앞에 펼쳐진 열두 장의 카드 중 한 장을 선택하시기 바랍니다.

당신이 선택한 카드에 따라 당신의 운명이 결정된다는 사실을 명심하시기 바랍니다.

문지기.

레이샤드가 서신을 읽기가 무섭게 탁자 위에 여러 장의 카드가 나타났다.

하나같이 서로 다른 그림들이 그려져 있었다.

검을 든 기사.

왕관을 뒤집어쓴 왕.

지팡이를 든 마법사.

수정구를 든 노파.

저울을 든 상인.

혀가 잘린 학자.

망치를 든 대장장이.

말라비틀어진 시체.

낫을 든 망자.

깨진 거울을 든 여인.

절규하는 사내.

술을 마시는 노인.

그림을 살피던 레이샤드는 절로 오싹한 기분이 들었다. 그림들이 하나같이 어딘지 모르게 음습하고 위협적으로 느껴졌다.

그런데…….

"카드가…… 열두 장이 아니잖아?"

자세히 세어 보니 탁자 위에 나타난 카드는 총 열세 장이었다.

카드들 사이로 아무런 그림이 그려져 있지 않은 카드가 한 장 끼어 있었다.

어떻게 된 것일까?

시험의 궁이 실수를 한 것일까?

아니면 갑작스럽게 문제라도 생긴 것일까?

레이샤드는 자신도 모르게 자꾸 정체불명의 카드에 눈길이 갔다.

다른 카드들 중 마음에 드는 게 있다면 달랐겠지만 애석하게도 다른 열두 장의 카드 중 레이샤드의 마음을 잡아끄는 건 단 하나도 없었다.

"이건 뭘 의미하는 거지?"

레이샤드가 정체불명의 카드를 집어 들었다.

딱히 선택의 의미보다는 아무런 그림이 그려져 있지 않은 카드를 제대로 살펴보고 싶다는 생각이 앞섰다.

하지만 시험의 공간은 그것을 선택이라 인식해 버렸다.

후아아아앗!

순간 사방에서 시커먼 어둠이 몰아쳐 레이샤드를 집어삼켰다. 그리고 시간이 그대로 멈춰 버렸다.

시험의 궁 운영위원회 대회의장.

그곳에 열네 개의 자리가 다급히 배치되었다.

잠시 후, 회의장의 문이 열리면서 열세 명의 마족이 들어왔다.

"나 참. 대체 어떻게 된 일이야?"

가장 먼저 자리에 앉은 붉은 머리카락의 마족이 투덜대며 말했다.

그의 이름은 에귀로스. 전쟁과 파괴의 신 아도로스를 대신하는 최고위 마족이었다.

그러자 그의 옆자리를 차지한 눈이 세 개 달린 마족, 소르만이 냉큼 말을 받았다.

"그러게나 말입니다. 지금까지 이런 일이 일어난 적은 단한 번도 없지 않았습니까?"

불화와 파멸의 신 쉬반의 대리자인 소르만이 입을 열자 회의장이 더욱 소란스러워지기 시작했다.

"그런데 자리가 하나 비는군요. 회의장에 누가 더 오기로 했습니까?"

마법의 신 하베우스를 섬기는 최고위 마족 헤인델프가 뼈만 앙상한 손가락을 뻗어 빈 의자를 가리켰다.

본래 이 회의에 참석할 수 있는 건 열두 마신을 대신하는 대리자와 중재자뿐이었다.

그러자 간계의 신 모비치의 충실한 심복 먼슬린이 뻔하지 않겠냐는 얼굴로 말했다.

"아마도 이런 엄청난 일을 저지른 당사자의 자리겠지요. 안 그렇습니까?"

먼슬린의 특유의 쇠를 긁는 듯한 목소리가 회의장에 울려 퍼졌다.

덩달아 자리한 마족들의 얼굴이 절로 일그러졌다.

자연스럽게 그 불쾌함이 빈자리의 주인을 향해 날아들었다.

"대체 저 자리의 누굽니까?"

"맞습니다. 중재자께서 어디 말씀 좀 해보십시오!"

마족들이 한목소리로 상석에 앉은 중재자에게 항의했다. 그러자 중재자가 대답 대신 무겁게 한숨을 내쉬었다.

사실 마족들이 집단으로 반발하는 것도 무리는 아니었다.

시험의 궁에 들어온 시험자를 차지할 수 있는 권리는 오직 열두 마신에게만 있었다.

그래서 카드도 열두 장이었다.

다시 말해 시험의 궁은 서열이 높은 열두 마신를 위한 유희의 공간이나 마찬가지였다.

그런데 난데없이 열세 번째 카드가 등장했다. 그리고 어처구니없게도 시험자는 수많은 유혹을 뿌리치고 문제의 열세 번째 카드를 선택했다.

그와 동시에 시험의 궁이 멈춰 버렸다. 그리고 그 사실이 다급히 중재자에게 알려졌다.

뒤늦게 그 사실을 알아챈 중재자는 대략적인 사실을 알리고 서둘러 긴급회의를 소집했다.

이 긴급회의는 그렇게 해서 열린 자리였다. 그러니 대리인들의 원성이 자자할 수밖에 없었다.

"다들 조용히 해주십시오. 조만간 그분이 오실 테니 직접 듣고 결론을 내리도록 하겠습니다."

빗발치는 항의를 잠재우듯 중재자 크롬웰이 말했다.

그러자 장난처럼 마족들이 입을 다물었다.

크롬웰의 입 밖으로 튀어 나온 '그분'이라는 표현 때문이었다.

크롬웰은 열두 마신보다도 높은 마계의 신이자 어둠의 신인 크라우스를 섬기는 자였다.

그래서 비슷한 서열의 최고위 마족이라 하더라도 다른 마족들이 함부로 굴지 못했다.

그런데…… 그런 크롬웰이 존칭을 사용했다.

중간계가 막히면서 열두 마신의 유일한 유흥거리로 인식되었던 시험의 궁이 멈춰 버린 상황이었다.

신들의 유희를 책임지는 자리에 있는 크롬웰에게는 이보다 더한 치욕이 없었다.

만에 하나 크라우스가 이번 일에 책임을 묻는다면 당장 소멸을 면치 못하게 될 수도 있었다. 당연히 다른 마족들보다 더 길길이 날뛰어야 했다.

하지만 정작 크롬웰은 평소와 조금도 다름없는 모습이었다.

살짝 짜증 섞인 표정이긴 했지만 그것이 시끄럽게 떠드는 고위 마족들 때문인지, 아니면 시험의 궁에 생긴 문제 때문인지는 정확하게 파악하기 어려웠다.

다만 한 가지 확신할 수 있는 건 이번 일의 당사자가 크롬웰조차 어찌하지 못하는 대단한 존재라는 것이다.

대체 누구일까.

마족들의 머릿속이 복잡해졌다.

그들의 머릿속으로 자신들이 감당하기 어려운 마족들의 얼굴들이 빠르게 스쳐 지나갔다.

일단 마신급 존재들은 제외되었다.

신이 되어서 그런 추태를 벌일 리 없었다. 아니, 그 정도 분별력이 없는 존재가 신이 될 리 없었다.

그다음으로 의심되는 건 마계의 귀족들이었다.

최고위 마족들 중에서도 공을 세웠거나 혈통이 좋은 자들에게만 주어진다는 작위를 지닌 자들이라면 무모한 도전을 벌일 수도 있다고 여겼다.

하지만 마계 귀족들의 짓일 가능성도 그리 높지 않았다.

가능성이 없지 않다는 것뿐이지 현실적으로 그들이 일을 벌였을 것 같진 않았다.

시험의 궁은 마신들의 유희장이다.

그것도 일반 마신들이 아니라 최고위 서열 열두 마신을 위한 곳이었다.

그런 곳에 겁도 없이 장난을 쳤다?

소멸을 당할 각오를 하지 않는 이상 그러지는 못할 것 같았다.

자연스럽게 범인의 윤곽이 좁혀졌다.

마신들은 아니나 마계 귀족들처럼 처벌 받기를 두려워하지 않는 존재.

그렇다면 남은 건 마계 황족들밖에 없었다.

크라우스의 형제와 자식들. 아마도 그들 중 누군가가 벌인 일일 게 틀림없어 보였다.

그중에서도 모든 마족의 머릿속에 동시에 떠오른 존재가 있었다.

크라우스가 최근에 낳은 마황녀 엘리자베스.

크라우스를 비롯해 마신들의 사랑을 독점하고 있는 그녀가 만일 시험의 궁에 대해들은 것이라면?

이런 발칙한 장난을 친다 한들 조금도 이상할 게 없었다.

그때였다.

철컥.

문이 열리며 강렬한 마기의 향기가 회의장 곳곳에 퍼졌다.

순간 마족들의 두 눈이 크게 치떠졌다.

그들의 예상대로 엘리자베스가 수행 마족의 호위를 받으며 회의장 안으로 들어온 것이다.

"황녀님을 뵈옵니다."

"황녀님을 뵈옵니다."

마족들은 너 나 할 것 없이 자리에서 일어나 깊숙이 고개를 숙였다.

"여기가 제자리 맞죠? 됐으니까 다들 앉아요."

엘리자베스가 빈자리에 주저앉으며 말했다.

자연스럽게 회의장을 무겁게 짓누르던 마기도 살짝 가라앉았다.

"다들 자리에 앉으시지요."

크롬웰이 바짝 군은 마족들을 다독였다.

그제야 마족들이 어색하게 웃으며 자신들의 자리에 주저

앉았다.

"그런데 크롬웰, 무슨 일로 날 보자고 한 거예요?"

엘리자베스가 큰 눈을 들어 상석에 앉은 크롬웰을 바라봤다.

그녀의 표정을 보아하니 자신이 어떤 잘못을 저질렀는지 제대로 인식하지 못하는 것 같았다.

"자, 황녀님께서 오셨으니 말씀들을 해보십시오."

크롬웰이 자리에 앉은 마족들을 재촉하듯 말했다.

조금 전까지만 하더라도 불만이 가득했던 마족들이다. 때마침 당사자가 나타났으니 과정상 직접 묻고 따질 수 있는 기회를 주어야 했다.

하지만 마족들은 꿀 먹은 벙어리라도 된 듯 입을 꾹 다물었다.

그들에게는 천진난만한 얼굴로 앉아 있는 엘리자베스를 힐난하고 질책할 용기가 없었다.

상대는 마계의 지배자인 크라우스의 자식이다.

그 자체만으로도 그녀는 이번 일에 대한 잘못을 용서받은 것이나 마찬가지였다.

비록 열두 대리자가 열두 마신의 대리자 자격으로 회의에 임하고 있다지만 마계 서열을 따지면 감히 엘리자베스와 동석할 수도 없는 위치다.

그저 이렇게나마 먼발치에서나마 엘리자베스를 볼 수 있다는 게 영광스러울 따름이었다.

　'그나저나 정말로 예쁘시군. 크로노스님께서 애지중지하실 만해.'

　엘리자베스를 힐끔거리던 피넬이 속으로 감탄을 터뜨렸다.

　권능과 탐욕의 신 파이야를 섬기는 그는 시험의 궁을 담당하기 전까지 수많은 마계의 미녀를 선별하는 임무를 수행했다.

　마신들 중에서도 특히 색을 밝히는 파이야를 충족시키기 위해서였다.

　하지만 그가 지금까지 만난 그 어떤 마족들도 감히 엘리자베스의 아름다움과는 비교하기 어려웠다.

　먼발치에서 본 마족들까지 전부 따지자면 단 한 명.

　엘리자베스를 낳다가 죽은 로에린만이 감히 비교 대상이 될 정도였다.

　크라우스가 가장 최근에 열렬히 사랑했던 여자는 인간이었다. 그것도 어둠을 숭배하는 크로노스 왕국의 왕녀였다.

　크라우스는 크로노스 왕국이 멸망할 위기에 처하자 마족을 보내 로에린을 구해 오게 했다. 그리고 10년이 넘는 구애 끝에 그녀의 마음을 얻었다.

로에린은 크로노스 왕국을 다시 회생시켜 달라는 조건을 내걸어 크라우스를 받아들였다.

그리고 285년간 크라우스의 사랑을 독차지한 끝에 엘리자베스를 낳고 숨을 거두었다.

엘리자베스는 로에린의 아름다움을 그대로 빼다 닮았다.

게다가 대마신의 혈통에만 이어진다는 고결한 아름다움까지 타고났다.

그녀의 외모는 이 세상에 존재하는 수많은 형용어구를 전부 가져다 치장해도 모자랐다. 그래서 붙여진 별명이 바로 마계의 꽃이었다.

실제로 엘리자베스를 보고 끌리지 않은 마족은 없다시피 했다.

몇몇 마신이 큰 맘 먹고 구애를 했다가 크라우스에게 된통 혼이 났다는 이야기는 유명한 일화였다.

항간에는 친딸만 아니었다면 크라우스도 구애를 했을 거라는 우스갯소리마저 나도는 상황이었다.

그만큼 엘리자베스의 아름다움은 치명적이었다.

그런 그녀에게 쉽게 말을 붙인다는 것 자체가 쉬운 일이 아니었다.

게다가 마음에 걸리는 건 엘리자베스의 신분과 아름다움뿐만이 아니다.

지금 엘리자베스를 수행하고 있는 마족은 그 이름 높은 아스타로트였다.

마계 최고의 검사이자 엘리자베스가 태어나기 전까지 크라우스의 친위 대장을 역임했던 마계의 후작이었다.

한때 절망의 검이라 불리기도 했던 아스타로트가 두 눈을 시퍼렇게 뜨고 엘리자베스의 옆에 서 있는데 함부로 입을 열 만한 마족은 없다시피 했다.

게다가 그는 하급 마신과도 맞먹는 마력을 지녔다고 알려졌다.

최악의 경우 이 자리에서 갈기갈기 찢겨질 수 있었다.

조금 전까지만 해도 흥분을 감추지 못했던 열두 마족의 대리자는 끝내 입을 열지 않았다. 가끔씩 엘리자베스를 힐끔거렸지만 그뿐이었다.

"나한테 할 이야기가 없는 것 같은데요?"

기다리다 지친 듯 엘리자베스가 살짝 미간을 찌푸렸다.

그러자 반사적으로 아스타로트가 검의 손잡이에 손을 가져다 댔다. 동시에 회의장 가득 살기가 퍼졌다.

순간 마족들의 얼굴이 하얗게 질려 버렸다.

끝까지 침묵을 지키다 엘리자베스의 화를 사 아스타로트의 검에 죽을 것인가, 아니면 엘리자베스에게 무례를 저질러 크라우스에게 죽을 것인가.

어떻게든 둘 중 하나를 선택해야 한다는 사실이 심장을 빠르게 옮죄어 왔다.

그때였다.

잠자코 상석에 앉아 있던 크롬웰이 마족들을 구원하듯 입을 열었다.

"다른 분들이 말이 없으니 제가 대신 말씀드리겠습니다. 황녀님, 아시다시피 선택의 궁은 열두 마신의 유희를 위한 공간입니다. 그런데 시험자가 마지막 선택을 하기 직전에 문제가 생겼습니다. 있어서는 안 되는 열세 번째 카드가 등장한 것이지요."

크롬웰이 엘리자베스를 똑바로 바라봤다.

엘리자베스의 옆에 선 아스타로트가 무례하다며 눈총을 쏘았지만 그는 꿈쩍도 하지 않았다.

조사 결과 이 모든 일을 저지른 건 다름 아닌 엘리자베스였다.

그렇다면 장난에 대한 책임을 지는 게 크로노스의 자식으로서 그녀가 해야 할 일이었다.

본래 시험의 궁이란 마신들의 뜻을 대행하는 인간들을 육성하기 위해 만들어졌다.

가끔씩 자격을 갖추지 못한 자가 운 좋게 들어오기도 했지만 시험의 궁의 선택을 받은 이들은 운명의 신 체이르의 수정구슬을 통해 왕이 될 운명을 타고 난 자들이었다.

시험의 궁에 들어온 시험자는 한 달간 원하는 모든 것을 누리게 된다.

그렇게 인간으로서의 욕심이 극에 달할 때 열두 마신을 형상화 한 카드를 선택하게 한다. 그리고 시험자는 자신이 선택한 카드의 대행자가 되어 마신들을 대신해 중간계를 살아가게 된다.

시험자의 선택을 받은 마신은 열두 마신의 대표가 되어 최고 마신 회의를 주관할 수 있는 영광을 갖는다.

그래서 열두 마신의 대리자는 어떻게든 시험자가 자신이 섬기는 마신을 선택할 수 있도록 유혹하려 애쓴다.

18년 전 시험의 궁에 들어선 자는 나라의 주인이 되길 원했다.

그래서 왕관을 뒤집어쓴 왕을 선택했다. 그리고 몇 해 뒤 정말로 나라의 주인이 되었다.

그때부터 지금까지 열두 마신의 대표는 권능과 탐욕의 신 파이야였다.

파이야는 성격이 독선적이었다. 시험자들의 성향 때문에 가장 오랫동안 열두 마신의 대표가 되었지만 그 어떤 관용과 배려도 없었다.

그래서 다른 마신들은 새롭게 시험의 궁에 들었다는 시험자가 자신들을 선택해 주길 무척이나 바라고 있었다.

그런데 그런 열두 마신의 유희에 엘리자베스가 찬물을 끼얹어 버렸다.

만일 시험자가 다른 마신을 형상화한 카드를 집어 들었다면 엘리자베스의 장난은 그저 장난으로 끝났을지 몰랐다.

하지만 시험자는 하필이면 엘리자베스가 집어넣은 카드를 선택했다.

그로 인해 어떻게든 대책을 마련하지 않으면 안 되는 상황이 되었다.

"시험자는 엘리자베스님께서 넣으신 카드를 선택했습니다. 그 의미를 알고 계십니까?"

크롬웰이 엘리자베스를 향해 날 선 질문을 했다. 자연스럽게 아스타로트의 표정이 사납게 일그러졌다.

그러나 정작 엘리자베스는 달가운 표정이었다.

누군가 크롬웰처럼 질문을 해주길 기다린 모양이었다.

"시험자는 제 의지를 대신해 중간계에서 살아가게 되겠지요. 그게 시험의 궁의 규칙이 아니던가요?"

엘리자베스는 시험의 궁에 대해 정확하게 알고 있었다.

그렇다는 건 단순한 호기심이나 장난으로 이번 일을 저지른 게 아니라는 의미였다.

크롬웰은 살짝 미간을 찌푸렸다.

그는 내심 엘리자베스가 사과를 하고 물러나길 바랐다.

그래야만 선택자의 선택을 무효화하고 새로운 선택을 하도록 시간을 조정할 수 있었다.

하지만 엘리자베스의 표정으로 봐서는 생각보다 일이 복잡해질 것만 같았다.

"시험의 궁은 오직 왕의 운명을 타고 난 자만이 들어올 수 있다는 사실을 아십니까?"

크롬웰이 재차 물었다.

"알아요. 운 좋게 시험의 궁에 들어가더라도 결국 쫓겨나고 만다는 사실을요."

엘리자베스가 가볍게 고개를 끄덕였다.

"알고 계시다니 다행입니다. 말씀하셨듯이 시험의 궁에는 오직 자격을 갖춘 자만이 도전할 수 있습니다. 마찬가지로 시험자의 선택을 받을 수 있는 분들도 이미 정해져 있습니다. 그분들이 아닌 다른 분이 몰래 끼워 넣은 카드가 선택되는 건 용납할 수 없는 일입니다."

크롬웰이 강한 어조로 말했다.

시험의 궁의 중재자이자 최종 결정권을 지닌 운영위원장으로서 그는 엘리자베스의 장난에 놀아줄 생각이 전혀 없었다.

하지만 엘리자베스도 아무런 대책 없이 무작정 카드를 집어넣은 것은 아니었다.

"그전에 이걸 좀 봐 주시겠어요?"

엘리자베스가 아스타로트를 바라보며 가볍게 웃었다. 그러자 아스타로트가 천천히 크롬웰에게 다가갔다.

꿀꺽.

애써 태연한 척 굴던 크롬웰이 자신도 모르게 마른침을 삼켰다.

"경고한다. 더 이상 황녀님께 무례하지 말도록."

크롬웰에게 다가간 아스타로트가 나직이 경고했다. 그리고는 품속에서 서신 한 장을 꺼내 크롬웰의 앞에 던져 놓았다.

"며, 명심하겠습니다."

크롬웰이 하얗게 질린 얼굴로 고개를 끄덕였다.

다른 이도 아닌 절망의 마족, 아스타로트의 경고다. 어겼다간 목이 붙어 있지 않을 것이다.

유일하게 평정심을 유지하던 크롬웰마저 무너지자 회의장의 분위기는 더욱 싸늘하게 굳어졌다.

"흠, 흠."

괜히 무안해진 크롬웰은 애써 아무렇지 않은 표정으로 아스타로트가 놓고 간 서신을 들었다.

놀랍게도 서신에는 최고 마신 회의를 상징하는 인장이 찍혀 있었다.

'최고 마신 회의의 결정이라니? 설마······?'

크롬웰은 불길한 얼굴로 서신을 살폈다. 그리고는 이내 떨
떠름한 표정이 되었다.

공식적인 통보는 곧 이루어질 예정임을 미리 알린다.

최고 마신 회의에서는 황녀 엘리자베스가 시험의 궁에 행한 모든
행위를 이례적으로 인정하는 바이다. 또한 이후의 일은 원칙대로 처
리하기 바란다.

최고 마신 회의 임시 대표 아도로스.

최고 마신 회의의 인장을 발견한 순간부터 크롬웰이 걱정
했던 건 단 한 가지다.

열두 마신이 엘리자베스에게 빠져서 그녀의 모든 행위를
눈감아주는 것이다.

서신을 펼치면서도 크롬웰은 열두 마신이 체통을 지켜 주
길 바랐다.

하지만 그 기대를 여지없이 외면하는 최고 마신 회의의 결
정문에 이내 한숨을 내쉬고 말았다.

최고 마신 회의에서 정확하게 어떤 논의가 어떻게 오갔는

지는 알 방도가 없었다.

서신으로 알 수 있는 건 열두 마신이 이례적으로 인정하겠다는 결론을 내린 게 전부였다.

'아니, 임시 대표로 아도로스님께서 나서셨으니 파이야님을 빼고 회의를 진행한 것인가.'

크롬웰은 살짝 미간을 찌푸렸다.

만일 그의 예상대로 대표인 파이야가 부재중인 상황에서 열린 최고 마신 회의라면 자신이 모르는 모종의 음모가 깔려 있는지도 모를 일이었다.

그러나, 설사 음모가 있다고 하더라도 결론이 뒤집힐 일은 없었다.

최고 마신 회의의 결정이 나왔다는 것은 열두 마신 중 과반수가 찬성했다는 의미다.

어쩌면 참석한 모든 마신이 엘리자베스를 싸고돌았을지 몰랐다.

"최고 마신 회의의 뜻은 잘 알았습니다."

크롬웰은 일단 최고 마신 회의의 결정을 받아들였다.

최고 마신 회의는 마계의 수많은 결정기구 중 세 번째로 서열이 높은 곳이다.

시험의 궁 운영 위원회가 열두 마신의 관심을 독차지하고 있는 곳이긴 하지만 그렇다고 해서 감히 최고 마신 회의의 결정을 거부할 권한은 없었다.

갑작스럽게 최고 마신 회의가 언급되자 자리한 마족들의 시선이 크롬웰에게 몰려들었다.

최고 마신 회의에서 이번 일에 대해 결정을 내린 것이라면 자신들이 백년 떠들어 봐야 소용없을 게 뻔했다.

마족들은 문제의 서신을 엘리자베스를 수행하는 아스타로트가 직접 가지고 왔다는 사실에 주목했다.

최고 마신 회의에서 엘리자베스에게 불리한 결정을 내렸다면 아스타로트가 가지고 왔을 리는 없을 것이다.

결국 엘리자베스가 최고 마신 회의에 미리 손을 썼다는 의미였다.

아니나 다를까.

"최고 마신 회의에서는 이번 일을 이례적으로 인정하겠다고 밝혔습니다. 또한 이후의 일은 시험의 궁의 원칙에 따라 처리할 것을 주문했습니다."

크롬웰이 최고 마신 회의의 결정문을 발표하자 마족들은 그럴 줄 알았다며 눈살을 찌푸렸다.

결국 열두 마신의 지나친 관대함에 자신들의 분노와 반발이 수포로 돌아가고 만 것이다.

"최고 마신 회의의 결정에 이의가 있으신 분 있나요?"

엘리자베스가 고운 목소리로 물었다. 그러나 마족들의 입장에서는 그 어떤 조롱보다도 독하게만 느껴졌다.

"최고 마신 회의의 결정에 감히 이의가 있을 리 있겠습니까? 아니 그렇습니까?"

눈치 빠른 소르만이 세 개의 눈을 번갈아 깜빡이며 분위기를 이끌었다.

그가 나서자 다른 마족들의 입가에도 어색한 웃음들이 피어났다.

혹시나 하는 마음에 마족들을 지켜봤던 크롬웰이 속으로 무겁게 한숨을 내쉬었다.

이렇게 된 이상 엘리자베스에게 책임을 묻는 것 자체가 불가능해졌다.

"그럼 시험의 궁 운영위원회는 최고 마신 회의의 결정을 받아들이도록 하겠습니다."

크롬웰의 입에서 마지못한 최종 결정이 내려졌다.

그러자 자리에 앉아 있던 마족들이 당연한 결정이었다면서 하나같이 고개를 끄덕여댔다. 그리고는 엘리자베스를 향해 아부 섞인 눈길을 건넸다.

'이런 작자들이 최고위 마족이라니. 천계가 웃겠군.'

크롬웰이 속으로 혀를 찼지만 그 역시도 이 같은 분위기에 동조할 수밖에 없었다.

그렇게 엘리자베스가 시험의 궁을 간섭한 행위에 대한 문제는 해결이 되었다.

이제 남은 것은 시험자의 선택에 대한 처리 문제였다.

최고 마신 회의에서는 이후의 문제를 원칙대로 처리하라고 주문했다.

원칙을 따른다면 시험자는 엘리자베스의 대행자가 된다. 엘리자베스의 뜻을 받들어 중간계에서 활약하게 되는 것이다.

물론 단순히 그렇게 마무리될 문제라면 크롬웰이 골치 아파 할 이유가 없었다.

진짜 문제는 따로 있었다.

엘리자베스가 시험자를 구속할 수가 없다는 것이다.

만일 시험자가 엘리자베스가 아닌 다른 마신의 카드를 선택했다면 어떻게 됐을까?

시험자는 자신이 선택한 마신의 인장을 받게 됐을 것이다. 그리고 그 인장을 통해 마신의 축복을 받으며 강해지고 우월해질 것이다.

그러나 애석하게도 선택의 궁을 통해 구속의 인장을 찍을 수 있는 건 오직 열두 마신뿐이다.

대마신이라 불리는 크라우스조차 선택의 궁에는 끼어들 수가 없다. 그의 딸인 엘리자베스도 마찬가지였다.

마계는 오래전 중간계에 더 이상 간섭하지 않기로 천계(천족들이 사는 세상. 인간들의 입장에서는 신계.)와 협정을 맺은 상태였다.

협정에 의거, 마계의 그 어떤 존재도 중간계의 피조물들을 함부로 구속할 수는 없었다.

물론 한 가지 예외 사항은 있었다.

바로 중간계로부터 부름을 받은 경우에 한해서는 상호 계약을 통한 구속이 가능해진다.

그런데 여기서도 한 가지 문제가 생긴다.

중간계의 피조물들 중 대다수를 차지하는 인간의 경우 마신보다는 천신들을 지나치게 선호한다는 것이다.

천신들을 비롯한 천족(천신들을 떠받들며 사는 존재들, 신족)들은 인간들을 통해 심심찮게 중간계에 모습을 드러낸다.

반면 마계의 마신들은 중간계의 부름을 받는 경우가 거의 없다시피 했다.

가끔 마신 소환 의식이 없지는 않았지만 말 그대로 마신을 부르려 하다 보니 성공보다는 실패할 가능성이 더 높았다.

상황이 이렇게 되자 마계는 이 모든 게 천계의 농간이라며 분개했다.

일부 강성 마족들은 당장에라도 천계와의 협정을 깨고 중간계를 장악해야 한다고 열을 올렸다.

하지만 천계와 맺은 중간계 불간섭 협정을 일방적으로 깨

뜨릴 수는 없는 일이었다.

자칫 잘못했다간 그로 인한 모든 책임을 마계가 뒤집어쓸
수도 있었다.

그래서 마신들은 천계와의 협정을 유지하면서도 인간들에
게 손을 뻗을 수 있는 대책을 찾기 위해 노력했다. 그리고 시
험의 궁이라는 기막힌 대안을 만들어냈다.

마신들은 아무에게나 시험의 궁에 들 자격을 주지 않았다.

운명의 신 체이르의 수정구를 통해 왕이 될 운명을 타고 난
이들에게만 정체불명의 열쇠를 보내어 시험의 궁에 들게 했
다.

그러면서 은연중에 시험의 궁에 대한 소문을 내었다.

왕이 될 자에게 정체불명의 열쇠가 찾아온다.

정체불명의 열쇠를 받은 인간들은 하나같이 흥분을 갖추
지 못했다.

그들은 곧장 시험의 궁에 들어갔다.

한 달이라는 시간 동안 원하는 모든 것을 누린 뒤 최종 선
택에서 마신의 인장을 받았다.

물론 적잖은 시험자가 마신의 인장을 받을 때 주저했다.

그러나 인간은 결국 탐욕의 동물.

시험의 궁을 통해 자신들이 누려 왔던 모든 것을 잃지 않기 위해 마신의 인장을 선선히 받아들였다.

시험의 궁에 들어온 시험자가 카드를 선택했으니 이제 그 카드의 주인이 시험자에게 구속의 인장을 찍는 일만 남았다.

하지만 엘리자베스에게는 시험의 궁을 통해 구속의 인장을 찍을 자격이 없었다.

게다가 최고 마신 회의에서도 그에 대한 다른 지시 사항은 없다시피 했다.

다시 말해 이대로는 시험의 궁의 원칙대로 일을 처리할 수가 없었다.

만일 시험의 궁에 들어온 시험자가 자격을 갖추지 않은 자라면 또 모르겠지만 운명의 신 체이르의 수정구는 그가 확실히 왕이 될 재목이라고 했다.

'대체 이 일을 어떻게 원칙대로 처리한단 말인가.'

크롬웰이 나직이 신음했다. 한참을 고심해 봤지만 딱히 답이 나오지 않았다.

원칙을 따질 수 없는 문제를 놓고 원칙대로 처리해야 한다는 것 자체가 애당초 말이 되지 않는 일이었다.

그런데 정작 원인 제공자인 엘리자베스는 뭐가 그리 재미있는지 묘하게 웃고 있었다.

"엘리자베스님께서는 어찌하실 생각이십니까?"

크롬웰이 자신도 모르게 불쾌함을 드러냈다. 그러자 엘리자베스의 옆에 서 있던 아스타로트가 자신의 경고를 잊은 것이냐며 으르렁거렸다.

만일 엘리자베스가 손을 뻗어 아스타로트를 제지하지 않았다면 회의장은 크롬웰의 잘린 목에서 터져 나온 시커먼 피가 낭자했을지도 몰랐다.

"제게 시험의 궁에 참여할 자격이 없다는 거 잘 알고 있어요. 그렇다고 제가 저지른 일을 이대로 모르는 척 방관하고 싶지도 않아요. 그래서 생각해 봤는데요……."

엘리자베스가 슬쩍 말끝을 흐렸다.

자연스럽게 크롬웰을 비롯한 모든 마족의 시선이 그녀에게 향했다.

대체 무슨 말을 하려는 것일까. 지켜보는 이들의 눈이 기대감과 불안감으로 뒤섞였다. 그때였다.

"아무래도 제가 중간계로 가야 할 것 같아요."

엘리자베스의 충격 발언이 회의장을 그대로 경악 속에 빠트려버렸다.

"주, 중간계라니요!"

"말도 안 됩니다! 천계와의 협정을 잊으셨습니까?"

회의장에 자리한 마족들이 당혹감을 감추지 못하고 소리쳤다.

엘리자베스 옆에서 아스타로트가 흉흉한 기세를 뿜어대고 있었지만 소용없었다.

엘리자베스의 발언은 마계 전체를 위험에 빠뜨리는 이야기였다.

그러나 엘리자베스도 아무 생각 없이 중간계를 언급한 것은 아니었다.

"다들 진정하시고 제 이야기 좀 들어주실래요?"

엘리자베스가 가볍게 미소 띤 얼굴로 말했다.

그 순간 흥분했던 마족들이 언제 그랬냐는 듯 입을 다물었다.

고결한 혈통을 타고 난 마족들만이 구현해 낼 수 있다는 굴복의 권능을 엘리자베스는 미소라는 온화한 방법을 통해 사용한 것이다.

"이제부터 황녀님의 허락 없이 함부로 떠드는 자는 목숨을 걸어야 할 거다."

엘리자베스에 이어 아스타로트도 한마디 거들었다. 그러자 마족들이 흠칫 놀라며 전부 고개를 숙였다.

"아스, 자꾸 그렇게 협박하지 말라니깐."

지나치게 강압적인 아스타로트의 방식이 못마땅한 듯 엘리자베스가 살짝 눈을 흘겼다.

그러자 아스타로트가 자중하겠다며 가볍게 고개를 숙여

보였다.

하지만 그의 한결같은 표정에서는 일말의 반성의 모습도 보이지 않았다.

엘리자베스를 위한 충심으로 나선 일이니 잘못한 게 하나도 없다는 투였다.

"아스타로트의 지나침은 제가 대신 사과하겠어요. 그러니 다들 이해해줬으면 좋겠어요."

엘리자베스가 아스타로트를 대신해 마족들에게 고개를 숙였다. 그러자 마족들이 하나같이 몸 둘 바를 몰라 했다.

자신들을 위협한 것은 절망의 검이라 불리는 아스타로트 후작이다. 그리고 그를 위해 마계의 꽃이자 대마신의 딸인 엘리자베스가 직접 사과를 하고 있었다.

마족들이 당혹스러운 얼굴로 크롬웰을 바라봤다. 갑자기 불편해진 상황을 진정시킬 수 있는 건 중재자인 크롬웰뿐이었다.

그러자 크롬웰이 몇 번 헛기침을 내뱉었다. 그리고는 조심스럽게 엘리자베스를 바라봤다.

"이게 다 저희들이 부족한 탓이니 사과는 거두어주셨으면 좋겠습니다, 황녀님. 그리고 괜찮으시다면 중간계에 내려가시겠다는 이유를 말씀해 주시면 감사하겠습니다."

크롬웰이 중재자답게 분위기를 수습했다.

그제야 엘리자베스도 한결 가벼운 마음으로 입을 열 수 있었다.

"다들 제 태생에 대해서는 알고 있으리라 생각해요. 따라서 천족과 맺은 중간계 불간섭 협정의 예외 조항에 의해 저는 중간계에 갈 수 있어요."

순간 마족들은 다시 한 번 놀랐다.

엘리자베스의 고집스럽고 편협스러운 대답을 기대했던 그들에게 협정의 예외 조항이란 생각지도 못했던 변수였다.

"중간계 불간섭 협정에 그런 예외 조항이 있습니까?"

크롬웰조차 금시초문이라는 듯 눈을 끔뻑였다.

"못 미더우면 직접 확인해 봐도 괜찮아요."

엘리자베스가 친절하게 관용을 베풀었다.

그러자 크롬웰을 비롯한 마족들이 기다렸다는 듯이 아공간에서 중간계 불간섭 협정서를 꺼내 읽기 시작했다.

중간계 불간섭 협정서의 두께는 상당히 두터웠다. 게다가 글씨는 깨알같이 작아서 어지간한 집중력으로는 읽기가 어려워 보였다.

그러나 이 자리에 모인 마족들은 하나같이 최고위 마족이었다. 그들에게 이 정도 협정서를 살피는 것은 일도 아니었다.

"아······!"

깨알같은 협정의 예외 조항 속에서 뭔가를 찾아 낸 크롬웰이 나직이 탄성을 흘렸다. 뒤이어 다른 마족들도 비슷한 반응을 보였다.

제7장

선택의 시간 Part 2

1

　예외 조항 117.2611.45 — 신계에서 태어난 인간의 혈통을 지닌 신족이 중간계를 방문하기를 원한다면 단 1회에 한해 방문을 허락한다. 신족의 혈통에 따라 최대 5명의 수행원을 붙일 수 있다. 단, 수행원은 신족의 신변 보호와 수행 이외의 그 어떤 행위도 금지된다.

　예외 조항 117.2611.46 — 1) 앞선 조항의 신족의 신분이 중급 신족 이상일 경우에는 수행원 1명과 동행할 수 있다. 2) 신족의 신분이 최고위 신족 이상일 경우에는 수행원 2명과 동행할 수 있다. 3) 신족의 신분이 귀족일 경우 수행원 3명과 동행할 수 있다. 4) 신족의 신분이 황족일 경우 수행원 5명과 동행할 수 있다.

엘리자베스는 중간계가 아닌 마계에서 태어났다. 그리고 그녀의 몸속에는 분명 인간의 피가 흐르고 있었다.

예외 조항상 엘리자베스가 직접 중간계를 방문하는 건 아무런 문제가 없었다. 거기에 무려 다섯 명의 수행원까지 데리고 갈 수 있었다.

물론 다른 이도 아닌 크라우스의 총애를 한 몸에 받고 있는 엘리자베스가 중간계로 간다면 천계에서 가만있지는 않을 것이다. 그러나 원칙적으로는 그 어떤 이의도 제기할 수가 없었다.

엘리자베스가 당당한 것도 그런 이유 때문일 것이다.

하지만 크롬웰의 표정은 여전히 떨떠름했다.

예외 조항을 통해 엘리자베스가 중간계로 갈 수 있다는 사실을 확인했을 뿐이다. 아직 문제 해결은 이루어지지 않았다.

엘리자베스는 시험자의 선택을 받았다.

시험의 궁의 규칙 상 엘리자베스는 시험자의 욕망을 이뤄 줄 의무와 책임이 있었다.

그 대가로 구속의 인장을 찍고 시험자의 삶을 유희 삼아 함께 쾌락을 공유하는 것이다.

그러나 애석하게도 엘리자베스는 마신이 아니었다.

대마신의 피를 이은 황족이기는 하지만 애석하게도 마계의 수많은 마신 중에 이름을 올리지 못하고 있었다.

단순히 순수한 혈통이나 지닌 마력만 놓고 본다면 엘리자베스는 어지간한 하급 마신보다 뛰어난 능력을 가지고 있었다.

하지만 그것은 개인적인 능력일 뿐이다.

허락받은 권능으로 다른 피조물들의 삶에 영향을 끼칠 수 있는 건 오직 신이라 불리는 존재들뿐이다.

물론 지금처럼 엘리자베스가 크라우스의 총애를 유지한다면 언제고 마신의 반열에 올라서게 될 것이다.

하지만 그것은 말 그대로 먼 훗날의 이야기였다.

지금 당장 그녀에게는 시험자의 욕망을 채워줄 권능이 없었다.

구속의 인장은 굳이 마신이 아니더라도 얼마든지 찍을 수 있었다.

하지만 그러기 위해서는 구속되는 시험자에게 그만한 보상을 해주어야 했다.

"엘리자베스님, 시험의 궁에 참여하는 마신들의 의무에 대해 알고 계십니까?"

크롬웰이 다시 엘리자베스를 바라봤다. 그러자 엘리자베스가 가볍게 고개를 끄덕였다.

"선택자의 욕망을 채워 줘야 한다죠? 그 정도는 저도 알고 있어요."

마신들의 의무를 알고 있으면서도 엘리자베스는 대수롭지 않다는 표정이었다.

자연스럽게 크롬웰의 표정이 복잡하게 변했다.

무작정 시험자를 구속하면 된다고 착각을 하고 있는 것일까. 아니면 다른 방법이 있다는 것일까. 좀처럼 갈피가 잡히지 않았다.

그때였다.

"저…… 그런데 선택자의 욕망을 어떻게 채워 주실 생각이십니까? 따로 소원이라도 들어주실 생각이십니까?"

잠자코 있던 먼슬린이 쇠 긁는 목소리를 냈다.

마신의 권능이 없는 엘리자베스가 시험자의 욕망을 이뤄주기 위해서는 따로 계약을 맺을 수밖에 없었다.

마족의 계약은 계약 대상자가 특정 마족을 불러낸 뒤에 소원을 매개로 마족이 지닌 힘 중 일부를 이전받는 것을 말했다.

그래서 마족들은 흔히들 소원을 들어준다는 표현으로 대신하곤 했다.

일단 시험의 궁에 든 시험자가 엘리자베스를 지목한 것은 아니었지만 그녀의 카드를 선택했으니 소환했다고 봐도 큰 무리는 없었다.

그렇다면 엘리자베스가 소환에 응하는 방법으로 중간계로 간 뒤에 시험자의 소원을 들어주고 그와 마족의 계약을 맺어도 상관없는 일이었다.

하지만 먼슬린의 말을 들은 대다수의 마족은 보란 듯이 이맛살만 찌푸렸다.

아스타로트도 손잡이에 손을 올린 채로 죽일 듯이 먼슬린을 노려보았다.

마족의 계약은 마신의 인장과는 차원이 다른 것이었다.

마족의 계약이란 부름을 받은 그 어떤 마족도 이행할 수 있는 일회성 유희나 마찬가지였다.

반면 마신의 인장은 영구적인 것이었다.

대상자가 죽기 전까지는 끊임없이 마신의 축복을 받을 수가 있었다.

마신의 축복을 대신해야 할 엘리자베스에게 마족의 계약을 운운하는 것은 그녀에 대한 모욕이나 마찬가지였다.

하지만 엘리자베스는 가볍게 웃는 것으로 감정 표현을 대신했다.

조금 불쾌하긴 했지만 상대는 간계의 신 모비치를 섬기는 마족이다. 다른 이의 심기를 불편하게 하는 게 그들의 삶이며 즐거움이었다.

"마족의 계약을 맺을 생각은 없어요. 대신 제 방식대로 시험자를 도울 생각입니다."

엘리자베스가 먼슬린을 똑바로 바라보며 말했다. 그러자 먼슬린이 냉큼 고개를 숙였다.

자신도 모르게 간교한 입을 놀려댔지만 엘리자베스와 아스타로트의 눈 밖에 나고 싶은 마음은 추호도 없어 보였다.

"엘리자베스님의 방식대로라니요?"

먼슬린을 대신해 크롬웰이 말을 받았다. 시험의 궁의 중재자로서 그는 엘리자베스가 무슨 생각을 가지고 있는지 진심으로 궁금해졌다.

그러자 엘리자베스가 가볍게 웃으며 말을 이었다.

"내가 중간계로 내려가 그를 직접 도울 생각이에요."

순간 회의장은 또다시 경악 속에 빠져들었다.

다른 이도 아닌 마황녀가 일개 인간을 돕기 위해 중간계에 머무르겠다니.

그야말로 충격 선언이나 마찬가지였다.

하지만 그 누구도 함부로 입을 열지 못했다.

엘리자베스의 옆에 선 아스타로트가 더 이상의 반론은 허락하지 않겠다는 듯 기어코 검을 뽑아 들었기 때문이다.

"크롬웰, 그러면 된 거죠?"

엘리자베스가 웃는 얼굴로 크롬웰을 바라보았다. 그러자 아스타로트의 날카로운 시선이 대번에 크롬웰에게 날아들었다.

"무, 물론이옵니다. 황녀님."

수많은 마족이 보는 앞에서 크롬웰은 머리를 납작 조아렸다.

시험의 궁의 중재자로서 자존심이 상할 노릇이었지만 아스타로트의 분노를 사는 것보다는 백번 나은 선택이었다.

2

엘리자베스 황녀가 중간계로 간다!

이 놀라운 소문은 빠르게 퍼져 나갔다.

얼마 지나지 않아 마계에 발을 딛고 있는 모든 이가 알 정도였다.

마족들은 모였다 하면 엘리자베스에 대해 수군거렸다.

엘리자베스가 오래전부터 중간계를 동경하고 있었다는 이야기부터 새로 시험에 궁에 든 시험자를 남몰래 흠모하고 있다는 이야기까지 별의별 말이 다 나돌았다.

마신들이나 귀족들이라고 해서 예외는 아니었다.

정확한 이유를 알아보기 위해 엘리자베스가 머무는 마계 황궁에 은밀히 마족들을 보내기까지 했다.

하지만 마계 황궁을 책임지는 페로린은 그 어떤 말도 해줄 수 없다며 마족들을 전부 돌려보냈다.

덕분에 엘리자베스에 대한 소문은 더욱 부풀어 오르고 있었다.

"예상보다 반발이 심한 것 같습니다, 황녀님. 황실 차원에서 뭐라도 답을 주어야 하는 상황이 아닐는지요."

시험의 궁의 중재자이자 페로린의 충직한 심복인 크롬웰이 걱정스런 얼굴로 말했다. 그러나 페로린은 의미 모를 웃음만 지을 뿐 별다른 대답이 없었다.

답답해진 크롬웰이 격앙된 목소리로 말을 이었다.

"황녀님께서 중간계에 가시는 것이야 그럴 수 있다고 이해하고 있습니다. 하지만 계속 중간계에 머무시겠다는 건 문제가 커질 수 있습니다. 아마 이 사실이 천계에 알려진다면 가만히 두고만 보지 않을 겁니다. 아니, 천계가 나서기 전에 드래곤들이 설쳐 댈지도 모를 일입니다."

다른 이도 아니고 마계의 황녀.

일회성 방문이라면 천계도 적당히 넘어가겠지만 계속 중간계에 머물면서 시험자를 돕겠다면 이야기가 달라질 수밖에 없었다.

솔직히 엘리자베스가 중간계에 머무는 건 시험의 궁의 규칙을 전부 적용한다 해도 있을 수 없는 일이었다. 아니, 있어서도 안 되는 일이었다.

하지만 페로린은 무슨 의도에서인지 별다른 반응을 보이지 않고 있었다.

혹여 대마신과 따로 이야기가 된 것일까. 그것이 아니라면 자신이 모르는 다른 이유가 있는 것일까.

크롬웰이 초조한 얼굴로 페로린을 바라봤다. 그러자 페로린이 피식 웃음을 흘렸다.

"내가 왜 잠자코 있는지 궁금하냐?"

"제가 모르는 다른 이유가 있습니까?"

"하하, 고작 너 따위가 마계에서 벌어지는 모든 일을 전부 알고 있다고 자만하는 것이냐?"

"그, 그런 뜻으로 드린 말씀이 아니지 않습니까."

크롬웰은 자신도 모르게 언성을 높였다. 그러나 페로린은 크게 개의치 않았다.

오히려 크롬웰이 어쩔 줄을 몰라 하는 모습이 재미있다는 표정이었다.

"이걸 말해줄까? 말까?"

페로린이 놀리듯 물었다.

"제발 말씀해 주십시오, 페로린님. 궁금해 미치겠습니다. 이렇게 부탁입니다."

크롬웰이 자존심도 버려 가며 깊숙이 고개를 숙였다.

그렇게라도 하지 않으면 답답한 마음에 속이 터져 버릴 것만 같았다.

다행히도 페로린은 그렇게까지 짓궂지 않았다.

"네 녀석이 이렇게까지 나오는데 말을 해줘야겠군."

페로린이 슬쩍 입가를 비틀었다.

자연스럽게 크롬웰이 두 귀를 쫑긋 세웠다.

하지만 페로린은 결코 친절한 성격의 마족이 아니었다. 모든 진실을 일일이 설명해 줄 마음은 눈곱만큼도 없었다.

"엘리자베스 황녀의 어머니가 누구냐?"

"그야 로에린님이 아니십니까?"

"로에린님의 고향은 어디고?"

"당연히 중간계이겠지요."

크롬웰도 로에린에 대해서는 어느 정도 알고 있었다.

자신보다 강한 마족들의 혈통과 계보를 꿰고 있는 것은 마계 마족들의 공통적인 성향이었다.

그러나 페로린은 크롬웰의 대답이 마음에 들지 않는다는 표정이었다.

"그 대답을 바라고 한 질문은 아닌데?"

"아, 그야 지금은 멸망한 크로노스 왕국 아닙니까?"

"그래, 크로노스 왕국. 가련한 로에린님은 망국의 왕녀셨지. 비련의 여주인공이었고 말이야."

생전의 로에린의 아름다웠던 자태가 떠오른 듯 페로린이 잠시 추억에 잠겼다.

그사이 크롬웰은 로에린의 출생과 이번 일에 대한 연관성을 찾으려는 듯 부지런히 머리를 굴렸다.

"그렇게 하면 뭐라도 답이 나올 것 같아?"

그런 크롬웰이 우스워 보였던지 페로린이 다시 입가를 비틀었다.

"그럴 리가 있겠습니까?"

결국 아무것도 생각해 내지 못한 크롬웰이 다시 비굴한 표정을 지어 보였다. 그제야 페로린이 만족스러운 얼굴로 말을 이었다.

"크로노스 왕국이 멸망하기 몇 해 전에 한 시험자가 시험의 궁에 들어왔지. 혹시 기억나나?"

"크로노스 왕국이 멸망하기 전에요? 아……!"

잠시 생각을 더듬던 크롬웰이 이내 고개를 끄덕였다.

300년 전쯤의 일이긴 했지만 마족들에게 있어서는 바로 얼마 전에 있었던 일처럼 생생한 기억이었다.

정확하게 306년 전.

시험의 궁에 한 시험자가 들어왔다.

크로노스 왕국의 국왕 할만트.

이미 왕위에 오른 그가 시험의 궁을 연 것이다.

시험의 궁을 열 수 있는 정체불명의 열쇠는 왕의 자질을 갖춘 자에게만 찾아간다.

정확하게는 왕이 될 운명을 타고났으나 자력으로는 왕위에 오르지 못하는 자들만 선택했다.

이미 왕위에 올랐거나 왕위를 이을 자들에게는 결코 모습을 보이지 않았다.

당초 정체불명의 열쇠는 국왕의 사위였던 에브라 후작을 찾아갔다.

그로 인해 크로노스 왕국에 새로운 왕조를 열려 한 것이다.

하지만 마신들을 부지런히도 섬기는 할만트 국왕을 가엽게 여긴 운명의 신 체이르는 꿈을 통해 그 사실을 일러 주었다.

마신들의 유희도 중요하지만 대륙에서 유일하게 어둠을 섬기고 마신들을 우러러보는 나라를 뒤흔들고 싶지는 않았다.

체이르의 꿈을 접한 할만트 국왕은 즉시 근위대를 보내어 에브라 후작의 영지를 급습했다. 그리고 그의 보물함 속에 잠자고 있던 정체불명의 열쇠를 찾았다.

할만트 국왕은 그 즉시 정체불명의 열쇠를 가지고 시험의 궁에 들었다.

그리고 한 달의 시간 끝에 열두 장의 카드 중 지팡이를 든 마법사를 선택했다.

왕으로서 모든 걸 다 가지고 있는 그에게 부족한 것은 왕국의 마법사들을 더욱 강하게 성장시킬 수 있는 마법뿐이었다.

마법의 신 하베우스는 할만트 국왕의 선택을 받아들였다.

본래라면 운명의 선택을 어기고 함부로 시험의 궁에 끼어든 할만트 국왕에게 벌을 내려야 했지만 계속되는 파이야의 독주를 견제하고 싶은 욕심에 잘못된 선택을 용인해 버렸다.

그러자 권능과 탐욕의 신인 파이야가 대번에 들고 일어났다.

그는 중간계에 크로노스 왕국이 마신을 소환하려 한다는 소문을 퍼뜨렸다.

그리고 소문을 들은 대륙은 크로노스 왕국을 상대로 전쟁을 벌였다.

그 결과가 익히 아는 크로노스 왕국의 멸망과 대륙 북부의 황폐화다.

단순히 결과만 놓고 본다면 파이야로 인해 크로노스 왕국이 멸망한 것이나 다름이 없었다.

그리고 그로 인해 엘리자베스의 어머니인 로에린은 정든

고국을 떠나 마계에서 살아갈 수밖에 없는 처지로 몰리고 말았다.

여기까지는 마계의 황실에 관심이 많은 자라면 누구나 알고 있는 사실이었다.

하지만 그때의 일이 엘리자베스가 중간계에서 머무르는 것과 무슨 상관이 있단 말인가?

크롬웰이 영문을 모르겠다는 듯 눈을 끔뻑거렸다. 그러자 페로린이 그럴 줄 알았다며 깔깔 웃음을 터뜨렸다.

"크롬웰. 너는 크라우스님께서 어떻게 로에린님을 취하셨는지 아느냐?"

"그야…… 로에린님께서 크라우스님의 매력에 빠지신 게 아니겠습니까?"

"물론 대다수의 마족이 그리들 알고 있다. 하지만 실상은 다르다. 로에린님은 크라우스님께 크로노스 왕국을 재건시켜달라는 부탁을 했다. 그리고 크라우스님께서는 그 부탁을 마신의 이름을 걸고 받아들이셨다."

"마, 마신의 이름을 걸고 말입니까?"

생각지도 못했던 이야기에 크롬웰이 눈을 치떴다.

설마하니 크라우스와 로에린 사이에 그런 비화(秘話)가 숨겨져 있을 것이라고는 생각지도 못한 얼굴이었다.

"너도 알다시피 크라우스님은 약속은 무조건 지키시는 분이 아니더냐. 그래서 엘리자베스님을 통해 로에린님과의 약속을 대신 이행하려 하는 것이다."

페로린이 서둘러 이야기를 마무리했다. 하지만 그것 말고도 아직 숨기는 이야기가 더 있는 듯한 눈치였다.

"단지 그것뿐입니까?"

눈치 빠른 크롬웰이 추궁하듯 물었다.

"하하. 약은 녀석. 역시 네 녀석에게는 못 당하겠다."

마치 진실을 털어놓는 게 즐겁기라도 한 듯 페로린이 짓궂게 웃음을 터뜨렸다.

"크라우스님께서는 로에린님의 생전에 크로노스 왕국의 복원을 약속하셨다. 하지만 로에린님이 너무 일찍 돌아가시고 말았지."

"그야 어쩔 수 없는 일 아닙니까?"

"로에린님이 마계에서 오래 버티시지 못할 거라는 건 다들 예상했던 일이다. 문제는 중간계지. 대륙의 인간들이 크로노스 왕국의 땅을 버려두듯 했기 때문에 크라우스님의 계획도 늦어진 것이다."

제아무리 대마신이라 불리는 크라우스라 하더라도 천계의 양해 없이는 중간계에 힘을 쓸 수가 없었다.

그렇다 보니 마기로 인해 황폐해져만 가는 크로노스 왕국을 그저 지켜만 봐야 했다.

"하지만 그것은 크로노스 왕국 지역에 마기가 퍼져 있었기 때문이 아닙니까?"

크롬웰이 고개를 갸웃거렸다. 인간들이 마기를 정화시키지 못한 것은 크로노스의 뜻을 저버리기 위해서가 아니었다.

단지 그 양이 너무 엄청났던 탓이다.

궁지에 몰린 할만트 국왕은 모두가 죽는 길을 선택했다.

그래서 천여 년 전에 마계와 통하는 입구로 사용되었던 통로를 열어 마계의 마기가 중간계에 흘러들어오도록 만들었다.

그때 통로를 통해 중간계로 스며든 마기의 양은 상상을 초월할 만큼 많았다.

그 자체만으로도 대륙 전체를 어둠으로 물들일 수 있을 정도였다.

만일 드래곤 하이아시스와 마법사들이 나서서 입구를 막지 못했다면 아마 지금의 대륙도 존재하지 않았을 것이다.

"설마 인간들이 할 만큼 했다고 생각하나?"

페로린이 피식 웃음을 흘렸다.

속내를 들킨 크롬웰은 냉큼 고개를 숙였다.

페로린의 말을 인정한다는 것은 크라우스가 틀렸다라고 말하는 것과 다를 바 없었다.

"나도 한때는 그리 생각했다. 그것이 하찮은 인간들의 한

계라고, 인간이 마기를 이겨내지 못하는 것은 당연한 이치라고 말이야. 그런데 곰곰이 생각해 보니 그게 아니더군. 무엇보다 인간들은 그토록 경외해마지 않던 천신들의 도움을 청하지 않았어. 천계라면 인간들의 외침을 그냥 넘기지는 않았을 텐데 말이야."

페로린의 얼굴이 돌연 사납게 일그러졌다. 그것은 그가 심기가 불편할 때 자주 보이는 버릇이었다.

"대, 대체 무슨 일이 있었던 것입니까?"

크롬웰이 바짝 몸을 낮추며 물었다. 그러자 페로린이 빠득 이를 갈며 말을 이었다.

"파이야님이 간계를 부렸더구나."

"파, 파이야님이요?"

"그래. 천계의 천신 하나와 비밀리에 밀약을 주고받았다고 한다."

"그게…… 정말입니까?"

크롬웰이 깜짝 놀라 물었다.

다른 이도 아니고 열두 마신의 대표로서 크라우스 다음가는 권세를 누리고 있는 파이야가 천신과 손을 잡았다는 게 믿어지지 않았다.

하지만 페로린은 충분히 그럴 수 있다는 표정이었다.

"천계에서는 천신들이 천계의 대표를 돌아가면서 한다고

한다. 그것이 파이야님에게 어떤 의미로 느껴졌을 것이라고 생각하느냐?"

페로린이 크롬웰을 똑바로 바라보며 물었다.

다시 싸늘해진 그의 눈빛에는 서늘한 한기마저 어려 있었다.

"제, 제가 어찌 알겠습니까."

머릿속에 떠오르는 불순한 생각을 억누르며 크롬웰이 냉큼 고개를 숙였다.

안다고 하여 모든 것을 입 밖으로 냈다간 마계에서 살아남기가 어려웠다.

힘이 없고 계급이 낮은 마족일수록 더욱 입조심을 해야 했다.

페로린이 말하고자 하는 바는 간단했다.

대마신이라 불리는 크라우스는 모든 마신을 대표하는 존재다. 그리고 권능과 탐욕의 신 파이야는 크라우스를 제외한 모든 마신 중에서도 가장 높은 권세를 자랑하는 열두 마신의 대표다.

물론 크라우스와 열두 마신 간에는 큰 간극이 존재한다.

하지만 그것을 배제한 채 단순히 권력 계보를 그린다면 크라우스의 다음 자리에는 파이야가 있게 된다.

파이야는 자신도 크라우스처럼 대마신이 되길 바랐다. 그래서 크라우스를 비롯한 마계를 섬기는 크로노스 왕국을 멸망시킬 계획을 세웠다.

마계를 향한 크로노스 왕국의 신앙이 결국 크라우스의 지배권을 굳건하게 만들어준다는 사실을 눈치챈 것이다.

파이야는 운명의 신 체이르가 크로노스 왕국을 위해 할만트 국왕에게 언질을 준 사실을 일부러 눈감아 주었다.

그리고 할만트 국왕이 마법의 신인 하베우스를 선택한 뒤에야 규칙 위반을 핑계 삼아 은밀히 중간계에 손을 뻗었다.

그뿐만이 아니다.

파이야는 할만트 국왕이 궁지에 몰렸을 때에는 그의 탐욕을 부추겼다. 그래서 최악의 선택을 하도록 조종했다.

그래놓고선 마기가 크로노스 왕국을 뒤덮고 남쪽으로 밀고 내려왔을 때 다시 천신을 통해 신전 세력을 억눌렀다.

그로 인해 대륙 북부의 마기 잠식은 심해졌고 결국 돌이킬 수 없는 상황으로까지 이어진 것이다.

그뿐만이 아니다.

파이야는 크라우스의 눈과 귀를 막기 위해 로에린을 이용했다.

마계의 마족들은 크라우스가 망국의 왕녀에게 첫눈에 반해 마계로 데려온 것이라고만 알고 있었다.

하지만 실상은 달랐다.

여색을 즐기는 크라우스에게 로에린의 존재를 알려준 게 다름 아닌 파이야였다.

그렇게 크라우스를 로에린에게 빠지게 만든 뒤 파이야는 크로노스 왕국이 무너지는 걸 즐겼다.

뒤늦게 크라우스가 눈치를 챘을 때는 모든 것이 늦은 뒤였다.

"크라우스님은 모든 것이 제자리로 돌아오길 바라고 계신다. 그래서 천계의 대표를 은밀히 만나 도움을 구했지. 엘리자베스님께서 중간계로 내려가시는 것도 그때 결정이 된 것이고."

페로린이 그 누구에게도 밝히지 않았던 진실을 크롬웰에게 가르쳐 주었다.

크롬웰은 자신도 모르게 몸을 부르르 떨었다.

자신이 감당하기에는 너무 엄청난 이야기였다. 차라리 아무것도 몰랐을 때가 마음이 편했다.

권능과 탐욕의 신 파이야의 욕심.

그 사실을 알아챈 크라우스의 반격.

그 소용돌이에 끼어든 엘리자베스.

결과적으로 크라우스와 파이야, 둘 중 하나는 자존심을 구기며 물러날 수밖에 없는 싸움이 됐다.

그 사실을 알고 있다는 이유만으로도 목숨이 위험해질 수 있었다.

그럼에도 페로린이 자신에게 이 같은 사실을 이야기해 준 이유라면 뻔한 것이다. 필시 자신에게 도움을 청할 게 있기 때문이었다.

"제, 제가 무엇을 하면 되겠습니까?"

크롬웰이 떨리는 목소리로 물었다. 그러자 페로린이 흡족한 미소를 지으며 말했다.

"시험자의 마음속에 엘리자베스님에 대한 절대적인 믿음을 심어놓도록 해라."

"저, 절대적인 믿음이요?"

"그래, 그래야 엘리자베스님도 조금 편해지실 수 있지 않겠느냐?"

페로린이 강요하듯 크롬웰을 바라봤다.

"아, 알겠습니다."

크롬웰이 냉큼 고개를 끄덕였다.

애석하게도 지금의 그에게는 그 어떤 선택권도 없었다.

3

"서둘러야 해."

크롬웰은 즉시 시험의 궁을 관리할 수 있는 중앙 통제실로 향했다.

그리고 자리를 지키던 마족들을 전부 내보낸 뒤에 중앙 통제실의 문을 닫았다.

중앙 통제실의 한가운데에는 사람의 키만 한 수정구가 비치되어 있었다.

수정구 너머로 보이는 시험의 궁은 시간이 멈춘 상태였다.

시험자가 엘리자베스의 카드를 집어 들면서 시험의 궁의 모든 기능이 정지되어 있었다.

일반적으로 카드를 선택하면 그다음에는 미리 짜인 순서에 따라 해당 마신에 대한 정보가 시험자의 머릿속으로 빨려들어간다. 그리고 마지막으로 시험자에게 최종 선택의 기회를 주게 된다.

마신의 인장을 받고 마신의 대행자로 살 것인가.

아니면 마신의 인장을 거부하고 목숨을 잃을 것인가.

지금껏 시험의 궁에 들어온 시험자들 중 마신의 인장을 거부한 경우는 단 한 번도 없었다.

하나같이 마신의 인장을 받고 마신의 대행자로 살길 원했다.

하지만 엘리자베스는 마신이 아니라 마신의 인장을 부여할 수 없었다.

그래서 생각한 편법이 바로 엘리자베스에 대한 절대적인

믿음이다.

크롬웰은 마신들에 대한 정보를 전이하는 마기구를 찾았다. 그리고 그 안에 엘리자베스를 무조건 믿고 따를 수 있는 마법의 시료를 집어넣었다.

"됐다."

준비를 마친 크롬웰이 가볍게 웃었다.

이제 시험의 궁이 재가동되는 순간, 시험자의 머릿속으로 엘리자베스에 대한 절대적인 믿음이 심어질 것이다.

크롬웰은 파랗게 불이 들어왔던 마정석에 마나를 주입시켰다.

그러자 푸르던 마정색이 붉게 변하더니 멈췄던 시험의 궁이 재가동되기 시작했다.

파아아앗!

시험자가 선택했던 열세 번째 카드가 산산조각이 났다.

그와 함께 마기구 속에 잠재되어 있던 짙은 어둠이 레이샤드를 향해 날아들었다.

4

정체 모를 카드를 집어 들었다 싶었는데 갑작스럽게 짙은 어둠이 달려들 듯 덮쳐 왔다.

"윽!"

레이샤드가 기겁을 하며 뒤로 물러섰다.

그때였다.

파아아앗!

손에 들고 있던 정체불명의 카드가 마치 유리잔처럼 산산이 부서져 버렸다.

레이샤드는 깜짝 놀라 손을 뒤로 잡아 뺐다. 날카로운 파열음에 꼭 손이 베인 것만 같았다.

그러나 다행히도 손에는 아무런 문제가 없었다.

"후우……."

레이샤드의 입에서 절로 안도의 한숨이 흘러 나왔다.

하지만 그것도 잠시.

후아아아앗!

갑작스럽게 덮쳐든 강렬한 어둠에 레이샤드는 비명을 지를 새도 없이 그대로 정신을 놓고 말았다.

시커먼 어둠이 쓰러진 레이샤드의 주변을 맴돌았다. 그러더니 이내 레이샤드의 코를 통해 몸속으로 파고들기 시작했다.

"으으으으……."

레이샤드의 입가로 자지러지는 신음이 흘러나왔다. 하지만 어둠은 레이샤드의 몸부림을 무시해 버렸다.

레이샤드의 의식을 지배하고 그 속에 엘리자베스에 대한 절대적인 믿음을 심어놓기 위해 발 빠르게 움직였다.

그렇게 레이샤드가 어둠에 의해 세뇌되려던 순간,

파아아아앗!

레이샤드가 차고 있던 목걸이에서 갑자기 빛이 뿜어져 나왔다.

끄아아아아!

빛에 노출이 된 어둠이 비명을 지르며 도망쳤다.

덩달아 레이샤드의 몸속을 파고들었던 어둠도 저만치 튕겨 나갔다.

5

"이런!"

시험의 궁 중앙 통제실에서 상황을 지켜보고 있던 크롬웰의 입에서 다급성이 터졌다.

설마하니 시험자가 마기를 막아낼 수 있는 아티팩트를 착용하고 있을 것이라고는 미처 예상하지 못한 얼굴이었다.

"서둘러야 해!"

크롬웰은 다시 마기구 쪽으로 다가갔다. 그리고 여분으로 준비해 두었던 마법의 시료를 다시 집어넣었다.

재빨리 준비를 마친 크롬웰은 직접 마기구를 조종했다.

레이샤드의 머리 쪽을 겨냥한 뒤에 마기구의 끝에 달린 마정석에 마기를 주입하려 했다.

그때였다.

콰다당!

닫아놓았던 중앙 통제실의 문이 박살이 나더니 밖에서 수많은 마족이 우르르 쏟아져 들어왔다.

"누, 누구냐!"

당황한 크롬웰이 재빨리 경계 태세를 취했다. 그러자 마족들 사이에서 낯익은 마족 하나가 모습을 드러냈다.

"루, 루브인⋯⋯!"

상대를 알아본 크롬웰의 표정이 창백하게 변했다.

마신 최고 회의 산하 제1감찰대 대장 루브인. 그가 특유의 붉은 송곳니를 번뜩이며 웃고 있었다.

"제가 어째서 이곳에 왔는지는 잘 알고 계시겠죠?"

루브인이 손에 든 기형검을 툭툭 치며 말했다.

제1감찰대가 시험의 궁에 나타난 이유야 뻔했다. 시험의 궁 안에서 최고 마신 회의의 결정에 반하는 일이 일어나고 있다는 의미였다.

크롬웰은 자신이 은밀히 엘리자베스를 도우려던 일이 발각됐음을 눈치챘다. 그리고 자신을 붙잡기 위해 제1감찰대가 나섰다는 사실도 파악했다.

만일 상대가 제1감찰대만 아니었더라도 크롬웰은 적당히 시간을 벌면서 외부에 도움을 요청했을 것이다. 하지만 애석하게도 상대가 나빴다.

루브인은 마신들 중 권능과 탐욕의 신 파비아를 섬기는 마족이었다.

비록 서열은 크롬웰보다 낮았지만 전투 능력만큼은 최고위 마족들 중에서도 수준급에 들어서 있었다.

루브인이 이끄는 제1감찰대 또한 마찬가지.

하나같이 살육을 즐기는 잔인한 마족들로만 구성되어 있었다.

제아무리 크롬웰이라 하더라도 루브인과 서른이 넘는 마족들을 전부 상대하기란 무리였다.

게다가 제1감찰대는 최고 마신 회의의 뜻을 거스르는 자는 그 자리에서 처리할 수 있는 특권이 있었다. 자칫 잘못했다간 목숨이 날아갈 수 있었다.

"뜻대로 하시오."

크롬웰이 두 손을 들어 투항 의사를 표했다.

마기구에 붙은 마정석이 바로 코앞에 있었지만 그는 손가락 하나 까딱하지 못했다.

제8장

브론즈 남작가의
손님들 Part 1

1

레이샤드는 꿈을 꾸었다.

꿈속에서 레이샤드는 한 소녀를 만났다.

소녀는 지금껏 봐 왔던 그 어떤 여자보다 아름다웠다.

가녀린 체구에 단정하게 차려입은 보랏빛 드레스 때문만
은 아니었다.

어깨를 타고 흘러내린 검은 머리카락과 갸름한 턱선, 자줏
빛을 머금은 입술, 그리고 무엇이든 빨아들일 것 같은 새까만
눈동자.

그저 먼발치에서 바라보는 것만으로도 머릿속이 하얗게

변하는 기분이었다.

레이샤드는 자신도 모르게 소녀에게 다가갔다. 그러자 소녀가 레이샤드를 향해 환하게 미소 지었다.

"어서 와, 레이."

소녀가 반갑게 레이샤드의 애칭을 불러주었다.

순간 레이샤드의 얼굴에도 환한 웃음이 번졌다.

이토록 아름다운 소녀가 자신을 알고 있다는 게 신기하고 기뻤다.

"넌…… 누구야?"

레이샤드가 소녀와 눈을 맞추며 물었다.

소녀는 대답 대신 묘한 눈빛으로 레이샤드를 바라봤다.

─레이, 내가 누구인지 모르겠어?

레이샤드의 머릿속으로 소녀의 목소리가 울렸다.

"엘리…… 자베스?"

레이샤드가 자신도 모르게 소녀의 이름을 중얼거렸다.

소녀가 기쁜 듯 웃으며 레이샤드의 목을 끌어안았다. 그리고는 수줍어하는 레이샤드의 입에 가볍게 입술을 가져다 대었다.

소녀의 달콤함에 취해 레이샤드는 자신도 모르게 눈을 감아버렸다.

그 순간,

후아아아앗!

짙은 어둠이 레이샤드와 소녀를 그대로 집어삼켜 버렸다.

2

짙은 어둠 너머로 끝을 알 수 없는 높은 천정이 보였다. 주변으로 눈을 돌리자 곧게 뻗은 기둥들이 들어왔다.

"꿈…… 이었나."

현실로 돌아 온 레이샤드가 아쉬운 듯 중얼거렸다.

비록 꿈이긴 했지만 난생처음 본 아름다운 소녀와 나눴던 첫 입맞춤의 감촉은 아직 입술에 남아 있었다.

'엘리자베스라고 했지?'

레이샤드는 검지로 입술을 매만졌다.

하지만 짓궂게도 잠깐 사이에 소녀가 남긴 감촉은 저만치 사라져 버린 뒤였다.

레이샤드는 순간 웃음이 났다.

고작 꿈일 뿐인데 미련을 가지고 있는 자신이 왠지 모르게 한심스럽게 느껴졌다.

그러나 마음 한편으로는 꿈에서라도 소녀를 다시 만나고

싶은 욕심이 들었다.

그만큼 소녀의 첫인상은 레이샤드의 머릿속에 강하게 각인되어 버렸다.

"그런데 내가 왜 이러고 있는 거지?"

레이샤드는 한참 만에 엉덩이를 털고 자리에서 일어났다. 그러다 바닥에 발치에서 깨진 목걸이 조각을 발견했다.

그 순간 조금 전에 있었던 일들이 주마등처럼 머릿속을 빠르게 스쳐 지났다.

정체불명의 열세 번째 카드를 집어든 순간 짙은 어둠이 달려들었다.

그 어둠을 피해 물러서자 손에 든 카드가 산산조각이 났다. 그리고 곧바로 방심한 틈에 달려든 어둠에게 집어삼켜지고 말았다. 그런데 쓰러졌다가 일어나 보니 모든 게 잠잠해져 있었다.

"대체 뭐가 어떻게 된 거야?"

레이샤드가 깨진 목걸이를 내려다보며 중얼거렸다.

목걸이는 마치 도끼로 쪼개기라도 한 것처럼 정확하게 두 동강이 나 있었다.

단단한 금속 재질의 목걸이가 한가운데로 쪼개지는 건 일반적으로 특수한 마법이 걸린 아티팩트가 외부로부터 충격을 받아 그 효능을 다했을 때 일어나는 현상이었다.

그렇다는 건 어둠에 휩쓸리는 과정에서 목걸이가 어둠과 충돌을 했다는 의미였다.

시험의 궁에 머물면서 어둠은 대체로 레이샤드에게 우호적이었다.

레이샤드가 원하는 것이면 무엇이든 만들어줬던 것도 주변에 넘실거리는 어둠이었다.

그런 어둠이 갑작스럽게 적대적으로 돌변했고 목걸이 속에 숨어 있던 어둠을 이겨내는 힘과 부딪쳤다면 펜던트가 깨져 있는 것도 이상할 것은 없었다.

중요한 것은 왜, 어째서 어둠이 자신을 적으로 인식했느냐는 것이다.

정체 모를 카드를 선택했기 때문일까?

어쩌면 그것이 선택의 결론이었던 것일까?

대체 어둠은 자신에게 무슨 짓을 하려던 것이었을까.

만일 펜던트가 없었다면 지금쯤 어떤 일이 벌어졌을까.

온갖 생각이 레이샤드의 머릿속을 복잡하게 만들었다. 하지만 지금으로서는 딱히 답을 내릴 수가 없었다.

어둠에 휩쓸린 것까지는 기억하지만 그 이후로는 아무것도 생각나질 않았다.

이번 일만큼은 시험의 궁에 물어본다 하더라도 알려주지 않을 것 같았다.

한참 동안 인상을 쓰던 레이샤드가 이내 고개를 흔들었다. 궁금하긴 했지만 자신에게 아무 일도 일어나지 않았다는 사실에 안도해야 할 것 같았다.

"그나저나 레이첼이 알면 무척이나 섭섭해하겠군."

레이샤드의 시선이 다시 깨진 목걸이로 향했다.

어린 레이첼이 용돈을 아껴가며 마련해 준 선물을 얼마 차 보지도 못하고 망가뜨려 버렸으니 레이첼의 얼굴을 볼 면목이 없었다.

그때였다.

"레이첼이 누구예요?"

레이샤드의 등 뒤에서 정체불명의 목소리가 울렸다.

"헉!"

레이샤드가 깜짝 놀라 뒤를 돌아봤다.

놀랍게도 그곳에는 어디서 많이 본 듯한 소녀가 서 있었다.

레이샤드의 두 눈이 빠르게 소녀의 생김새를 훑었다.

어깨까지 내려온 검은 머리카락, 새까만 눈동자, 오똑한 코, 자줏빛 입술, 그리고 보라색 드레스까지!

꿈속에서 봤던 소녀가 틀림없어 보였다.

한참 동안 빤한 얼굴로 소녀를 바라보던 레이샤드가 이내 손등으로 눈을 비볐다.

어쩌면 너무나 생생한 꿈 때문에 헛것이 보이는지도 모를 일이었다.

하지만 소녀의 모습은 사라지지 않았다. 그렇다고 꿈을 꾸는 것도 아니었다.

혹시나 싶어 손등을 꼬집어 봤는데 찌릿한 통증에 심장만 저릿해졌다.

레이샤드는 크게 숨을 들이켰다. 그리고 침착하려 애썼다.

그러나 마음과는 달리 심장은 요란스럽게 뛰어댔다.

놀랍게도 꿈속의 소녀가 바로 눈앞에 나타나 있었다.

"엘리…… 자베스?"

레이샤드가 떨리는 목소리로 말했다.

그러자 소녀, 엘리자베스가 꿈에서와 똑같이 기쁜 얼굴로 웃어 보였다.

"다시 만나게 되어 반가워요, 레이."

엘리자베스가 보라색 드레스자락을 살짝 들어 올리며 가볍게 고개를 숙였다. 그렇게 하니 꼭 고귀한 집안의 영애를 보는 듯했다.

레이샤드도 엘리자베스를 다시 만난 게 무척이나 반가웠다. 하지만 차마 그 감정을 내색할 수가 없었다.

이곳은 현실이 아니라 시험의 궁이다.

시험의 궁에서 만난 엘리자베스를 어떻게 이해해야 할지 난감하기만 했다.

그런 레이샤드의 속마음을 알아챈 듯 엘리자베스가 가볍게 웃으며 말했다.

"시험의 궁에 들어 왔을 때 마지막 선택에 대해 듣지 않았나요? 레이가 선택한 게 바로 나예요. 그래서 이렇게 당신의 앞에 서 있는 거랍니다."

엘리자베스는 스스로를 선택의 결과라고 말했다.

엘리자베스를 도우려던 크롬웰의 시도가 실패로 돌아간 지금 정체를 숨기고 레이샤드를 안심시킬 수 있는 가장 좋은 변명이었다.

'내…… 선택이라니?'

예상치 못한 답변에 레이샤드가 당혹감을 감추지 못했다.

설마하니 정체불명의 열세 번째 카드를 선택한 결과가 엘리자베스일 것이라고는 전혀 생각하지 못했다.

그러나 돌이켜 보면 운명의 문지기는 분명 마지막에 선택의 순간이 올 것이라고 말했다. 그리고 무엇을 선택하느냐에 따라 운명이 달라질 수 있다고 경고했다.

만일 엘리자베스의 말대로 선택의 결과가 진정 그녀라면, 레이샤드는 운명의 선택 앞에 놓인 셈이다.

운명에 따라 엘리자베스를 받아들일 것인가.

아니면 운명을 거부하고 엘리자베스를 외면할 것인가.

단순한 감정만 앞세우자면 엘리자베스와 함께 시험의 궁

을 나서고 싶었다.

하지만 레이샤드는 그녀가 선택의 결과라는 것 이외에 아는 게 전혀 없었다.

그녀를 선택한다는 게 어떤 의미인지 파악조차 되지 않고 있었다.

자연스럽게 레이샤드의 고민이 깊어졌다. 그러자 엘리자베스가 조심스럽게 말을 이었다.

"레이, 어렵게 생각하지 말아요. 난 당신이 좋은 영주가 될 수 있도록 돕고 싶어요. 당신이 꿈을 이룰 수 있도록 옆에서 힘이 되어주고 싶어요. 내가 바라는 건 그것뿐이에요. 그러니 걱정하지 말고 날 받아들여 줘요."

엘리자베스의 간절한 고백이 레이샤드의 마음을 흔들어 놓았다.

겪어보지 않은 탓에 그녀를 완벽하게 신뢰하기란 어려웠지만 그렇다고 해서 자신을 속이기 위해 거짓말을 하는 것 같지는 않았다.

'내가 좋은 영주가 될 수 있도록 돕겠다고?'

레이샤드의 시선이 엘리자베스에게 향했다.

좋은 영주가 되는 건 하르베스 폐황태자의 유지를 받드는 일이다.

정말로 좋은 영주가 될 수 있다면 엘리자베스의 도움을 마다 할 이유도 없었다.

"정말로 단지 그것뿐인가요?"

레이샤드가 확인하듯 물었다.

"물론이에요. 날 믿어줘요."

엘리자베스가 힘껏 고개를 끄덕였다.

"그렇다면…… 좋아요. 그렇게 할게요."

잠시 고심하던 레이샤드가 어렵게 답을 내렸다. 무슨 이유에서인지는 모르겠지만 엘리자베스의 말이 거짓말처럼 느껴지지 않았다. 게다가 엘리자베스를 선택한 것은 바로 자신이었다. 자신이 엘리자베스를 선택하지 않았다면 아마 그녀는 자신의 앞에 나타나지 않았을 것이다.

"앞으로 잘 부탁해요."

레이샤드의 마지막 남은 경계심을 무너뜨리듯 엘리자베스가 환한 웃음을 터뜨렸다.

그렇게 아베론의 영주 레이샤드와 마계의 꽃 엘리자베스의 기묘한 동거가 시작되었다.

3

후아아앗!

공간 너머로 바깥세상으로 향하는 문이 열렸다.

그러나 레이샤드는 쉽게 발걸음이 떨어지지 않았다.

이미 한 달이라는 시간이 지났고 최종 선택도 끝이 났지만 이제 다시는 시험의 궁에 들어갈 수 없다고 생각하니 괜히 미련이 남았다.

그러자 엘리자베스가 그럴 필요가 없다며 가볍게 웃어 보였다.

"레이, 걱정 마요. 시험의 궁은 이대로 사라지지 않아요."

"사라지지 않는다니요? 선택이 끝났는데요?"

"선택이 끝났더라도 레이를 위해 만들어진 공간이에요. 그러니까 레이가 원한다면 언제든지 다시 시험의 궁에 들어 갈 수 있어요."

"그게 정말이에요?"

"그럼요. 그러니까 아쉬워할 거 하나 없어요."

본래 시험의 궁은 시험자의 최종 선택이 마무리되는 순간 파괴가 결정된다.

시험의 궁이란 시험에 도전한 시험자를 위한 공간.

그렇다 보니 새로운 시험자를 맞기 위해서는 그에 걸맞은 새로운 시험의 궁이 필요했다.

만일 레이샤드가 기존의 열두 장의 카드 중 한 장을 선택했다면 그가 머물던 시험의 궁은 예정대로 사라져 버렸을 것이다.

그리고 새로운 시험의 궁이 열리고 정체불명의 열쇠가 왕의 자질을 갖춘 시험자를 찾아 움직였을 것이다.

하지만 레이샤드가 엘리자베스를 선택하면서 상황이 달라졌다.

시험자의 최종 선택이 끝나면 시험의 궁에 대한 소유권은 마계 황궁으로 넘어간다.

시험의 궁이란 신들의 유희의 최종 주관자가 크라우스이기 때문에 필요가 없어진 시험의 궁을 마계 황궁에서 관리하게 되는 것이다.

엘리자베스는 그 틈을 놓치지 않았다. 어차피 선택이 끝나면 시험의 궁은 파괴가 될 터.

그보다는 중간계에 머물게 된 자신이 필요에 따라 사용하는 편이 낫다고 여겼다.

중간계로 내려오기 전 엘리자베스는 페로린을 만나 도움을 요청했다.

그러면서 시험의 궁을 양도해 줄 것과 몇 가지 기능을 변경해 줄 것을 요청했다.

크라우스의 충직한 심복인 페로린은 군말없이 엘리자베스의 청을 받아들였다.

그렇게 시험의 궁에 대한 영구 소유권을 얻게 된 엘리자베스는 출입 권한을 다시 레이샤드에게 부여했다.

중간계에서 시험의 궁의 능력이 가장 필요한 건 다름 아닌 레이샤드였다.

엘리자베스가 시험의 궁을 통해 살펴본 바에 따르면 레이샤드는 자질에 비해 능력이 턱없이 부족했다.

열의는 높았지만 아직 경험도 적고 많은 면이 미숙했다.

레이샤드의 부족함을 인간들의 방식으로 채우려 한다면 적잖은 시간이 걸릴 것이다.

하지만 시험의 궁을 잘 활용한다면 그 시간을 상당히 단축시킬 수 있었다.

엘리자베스는 시험의 궁을 통해 레이샤드를 빠르게 성장시킬 생각이었다.

레이샤드가 그녀의 바람을 대신해 주기 위해서는 지금보다 훨씬 강하고 현명하며 노련해질 필요가 있었다.

그러나 정작 레이샤드는 시험의 궁에서 업무를 보고 검술 훈련을 할 수 있다는 생각에 들떠 있었다.

'레이, 앞으로는 생각만큼 즐겁지 않을 거예요.'

아직 아무것도 모르는 레이샤드를 바라보며 엘리자베스가 미안한 듯 웃었다. 하지만 레이샤드의 눈에는 그 미소마저 예쁘게만 보였다.

4

집무실로 돌아온 레이샤드와 엘리자베스를 반긴 건 책상 한 편에 쌓여 있는 두툼한 서류들이었다.

"하아……."

레이샤드의 입에서 절로 한숨이 새어 나왔다.

잠깐 시험의 궁에 다녀온 사이 관리들이 놓고 간 게 틀림없어 보였다.

하지만 지금은 서류를 보며 한탄할 때가 아니었다.

"이곳에 앉아도 되죠?"

엘리자베스가 집무실 한편에 마련된 소파를 가리키며 물었다. 그러자 레이샤드가 다급히 고개를 끄덕였다.

엘리자베스는 입고 있는 보라색 드레스가 구겨지지 않도록 조심스럽게 소파에 앉았다.

그 모습을 보아하니 어려서부터 예절 교육을 철저하게 받은 듯했다.

레이샤드도 덩달아 행동거지가 조심스러워졌다.

레이샤드는 적당한 보폭으로 엘리자베스의 맞은편 소파로 다가간 뒤 소리 나지 않게 엉덩이를 붙이고 앉았다.

하지만 그것도 잠시.

또래의 아름다운 소녀를 눈앞에 두게 되자 레이샤드의 가슴이 콩닥거리기 시작했다.

"차, 차를…… 드시겠어요?"

레이샤드가 슬며시 시선을 돌리며 물었다. 차를 마시다 보면 마음이 조금은 진정이 될 것 같았다.

그러나 엘리자베스는 가볍게 고개를 흔들었다.

"나에 대해 알고 있는 건 레이뿐이에요. 다른 사람들이 날 보면 분명 당황스러워할 거예요."

엘리자베스는 현재 공식적인 절차를 밟고 레이샤드의 집무실에 앉아 있는 게 아니다. 시험의 궁을 통해 아무도 몰래 집무실로 들어온 것이다.

만일 이런 상황에서 다른 사람들에게 보이기라도 한다면 필시 오해를 사게 될 게 분명했다.

"아……!"

레이샤드는 뒤늦게 아차 싶었다.

엘리자베스에게 정신이 팔린 탓에 미처 거기까지는 생각하지 못했다.

"그럼 어떻게 해야 하죠?"

레이샤드가 걱정스런 목소리로 물었다. 엘리자베스의 말처럼 이대로 그녀를 소개하는 건 무리였다.

엘리자베스가 성 안으로 들어오는 모습을 본 사람은 아무도 없었다. 자칫 잘못했다간 무단침입으로 간주될 수도 있는 문제였다.

"일단은 내가 영지 밖으로 나갔다가 다시 들어오는 게 좋겠어요. 내가 적당한 신분을 찾아 둘러댈 테니까 레이는 잊지 말고 입성을 허락해 줘요, 알았죠?"

엘리자베스가 나름의 대안을 내놓았다. 미리 생각을 해놓은 듯 그녀의 말에는 머뭇거림이 없었다.

레이샤드는 묵묵히 고개를 끄덕였다.

확실히 계획대로만 이루어진다면 엘리자베스를 성 안에 들이는 일은 어려울 게 없어 보였다.

그러나 그것도 성을 무사히 빠져나갔을 때의 이야기다. 성을 나가는 도중에 다른 누군가에게라도 들킨다면 모든 계획은 수포로 돌아갈 가능성이 높았다.

"그런데 여기서는 어떻게 나갈 생각이에요?"

레이샤드가 제법 심각해진 얼굴로 물었다.

아베론 성 안에서 일하는 하녀들이야 자신이 전부 소집할 수 있다지만 입구를 지키는 병사들은 어려웠다.

요행이 아베론 성을 빠져 나갔다 해도 검문이 심한 외성벽을 통과하기란 쉬운 일이 아니었다.

하지만 엘리자베스는 걱정 없다는 표정이었다.

"레이, 난 마법사예요. 영지 밖으로 몰래 빠져나가는 것쯤은 어려울 게 없답니다."

엘리자베스는 대마신 크라우스의 자식이다.

마계의 황족으로서 그녀는 갖춰야 할 모든 능력을 갖추고 있었다. 그중에는 당연히 마법도 포함되어 있었다.

엘리자베스가 마음만 먹는다면 고작 영지 밖이 아니라 대륙의 반대편 끝까지 단숨에 움직일 수도 있었다.

그러나 엘리자베스의 진정한 정체를 알지 못하는 레이샤드는 놀란 표정을 감추지 못했다.

"정말 마법사예요?"

레이샤드가 확인하듯 물었다.

"그래요. 한 번 보여줄까요?"

엘리자베스가 보란 듯이 손가락을 튕겼다. 그러자 레이샤드의 눈앞으로 시뻘건 불덩어리가 치솟았다.

"헛!"

레이샤드가 깜짝 놀라 뒤로 넘어졌다.

만일 소파 등받이가 없었다면 그대로 엉덩방아를 찧고 말았을 것이다.

"어머, 미안해요. 레이, 많이 놀랐어요?"

엘리자베스가 다급히 손가락을 튕겼다. 그러자 레이샤드를 놀랬던 불덩어리가 흔적도 없이 사라져 버렸다.

"괘, 괜찮아요."

레이샤드는 몇 번이고 숨을 고르며 놀란 가슴을 진정시켰다.

빛의 마탑의 마법사들이 영지에 드나들긴 했지만 마법을 눈앞에서 보긴 이번이 처음이었다.

"놀랠 생각은 전혀 없었어요. 그저 레이가 날 믿어줬으면 하는 마음에서 그랬던 거예요."

엘리자베스가 미안해진 얼굴로 말했다.

설마하니 고작 불덩어리에 레이샤드가 기겁을 할 것이라고는 예상하지 못한 모양이었다.

그러자 괜히 머쓱해진 레이샤드가 슬쩍 화제를 돌렸다.

"그, 그런데 마법은 언제부터 배운 거예요?"

"세 살 때부터요."

"어려서부터 배웠나 보네요. 그럼 지금은……?"

"조금 수준 높은 마법사들과 비슷할 거예요."

엘리자베스는 적당히 에둘러 자신의 마법 실력을 알렸다.

그렇다고 대륙에 존재하는 마법은 물론이고 마계에서만 통용되는 마법까지 전부 마스터했다고 고백할 수는 없는 노릇이었다.

중간계에서 지내는 동안만큼은 엘리자베스도 자신의 힘을 제약할 수밖에 없었다.

현재 그녀에게 허락된 일은 중간계에 머무는 것뿐이었다. 중간계에서 마족의 힘을 발휘하는 것 자체는 금지 사항이었다.

그래서 엘리자베스는 조금 수준 높은 마법사 정도로 자신을 포장했다. 그 정도면 레이샤드를 돕는 데 큰 무리는 없다고 여겼다.

"정말요?"

레이샤드도 충분히 만족스러운 반응이었다.

대륙의 영지 중 전속 마법사를 두는 곳은 그리 많지 않았다.

대부분의 영지에서는 주변의 마탑을 통해 마법적인 문제를 해결 받곤 했다.

그런데 아베론 영지같이 작은 곳에서 엘리자베스처럼 능력 있는 마법사의 도움을 받게 됐으니 영주로서 기쁘지 않을 리 없었다.

"절 돕겠다는 건 아베론 영지의 문제에도 도움을 줄 수 있다는 의미죠?"

레이샤드가 엘리자베스를 바라보며 물었다. 그러자 엘리자베스가 당연하다며 고개를 끄덕여 보였다.

"그럼 앞으로 잘 부탁해요. 그렇지 않아도 엘리자베스처럼 능력 있는 마법사가 필요하던 차였어요."

아베론 영지에 전속 기사만큼이나 필요했던 게 바로 전속 마법사였다.

아베론 성 지하에는 마기의 남하를 막기 위한 대규모의 마법진이 펼쳐져 있었다.

그 마법진을 통해 발산되는 마나가 상당했기 때문에 아베론 성은 물론이고 영지 곳곳에 마법의 폐해가 적지 않은 상황이었다.

그러나 빛의 마탑의 마법사들은 오직 마법진 관리에만 신경을 썼다.

레이샤드는 물론이고 아돌프가 아무리 부탁을 해도 영지의 문제까지 간여하지는 않았다.

하지만 엘리자베스가 있으니 앞으로는 더 이상 빛의 마탑에 매달릴 필요가 없을 것 같았다.

엘리자베스가 영지의 전속 마법사가 되어준다면 마법으로 인한 문제들도 자체적으로 해결할 수 있었다.

그러나 엘리자베스는 고작 마법사로서 레이샤드를 돕고 싶은 생각은 없었다.

마법 능력은 자신의 정체를 감추기 위한 도구에 불과했다. 그것을 대놓고 외부적으로 드러낼 수는 없는 노릇이었다.

"영지에 마법사가 필요한가 보죠?"

엘리자베스가 레이샤드를 바라봤다.

그러자 레이샤드가 기다렸다는 듯이 마법진의 변경 문제에 대해 일러주었다.

"그러니까 아베론 영지의 권역을 넓히겠다는 말이죠?"

"그래요. 이미 마정석을 통해 마기의 농도가 약해지고 있다는 걸 확인했어요. 그래서 마법진을 변경해 마기를 보호하는 범위를 넓히면 자연스럽게 영지의 권역도 넓어질 거라고 생각해요."

"그런데 그걸 어째서 빛의 마탑에서 반대한다는 거예요?"

"정확하게는 모르겠지만 마법진을 변경하면 안 되는 이유가 있나 봐요. 그래서 일단 답을 보내긴 했는데…… 빛의 마탑에서 어떻게 나올지는 잘 모르겠어요."

레이샤드가 애석한 얼굴로 말했다.

마법진 변경은 관리들은 물론이고 심지어 아돌프까지 찬성한 계획이었는데 빛의 마탑의 비협조적인 태도 때문에 실행에도 옮기지 못하고 있었다.

"그래도 멋진 생각을 했네요."

엘리자베스의 입가를 타고 미소가 번졌다.

대륙의 그 누구도 마기로 물든 크로노스 왕국을 재건할 생각을 하지 않고 있었다.

그런데 고작 열다섯에 불과한 레이샤드가 마기를 이겨내려 하고 있다.

'역시, 내 선택이 옳았어.'

대견스러운 레이샤드를 바라보며 엘리자베스가 눈을 반짝였다.

그런 그녀의 시선이 부담스러웠을까. 레이샤드가 자신도 모르게 얼굴을 붉혔다.

5

실비아가 집무실로 점심 식사를 가져올 무렵.

엘리자베스는 레이샤드가 보는 앞에서 연기처럼 사라져 버렸다.

그러나 레이샤드는 크게 놀라거나 당황하지 않았다. 곧 다시 돌아올 것이라는 엘리자베스의 약속을 믿고 평소처럼 하루를 보냈다.

그리고 다음 날.

"영주님."

이른 아침부터 아돌프가 레이샤드의 집무실을 찾았다.

"무슨 일이에요?"

막 의자에 앉으려던 레이샤드가 고개를 들었다. 그러자 아돌프가 손에 든 서신을 레이샤드에게 내밀었다.

"이게 뭐죠?"

"아베론 성의 방문을 허락해 달라는 요청서입니다."

"방문 허락…… 요청서요?"

레이샤드는 즉시 서신을 살폈다.

아돌프의 말처럼 서신 속에는 아베론 성에 방문하는 것을 허락해 달라는 정중한 부탁이 담겨 있었다.

레이샤드는 어렵지 않게 서신의 주인이 엘리자베스라는 사실을 깨달았다.

서신을 써내려간 필체는 수려하면서도 더없이 우아했다. 그것은 마치 엘리자베스의 고운 자태를 보는 듯했다.

"브론즈 남작가라……."

서신을 다시 한 번 읽어 내려가던 레이샤드가 귀퉁이에 쓰인 가문의 이름을 발견했다.

브론즈 남작가.

어딘지 모르게 흔하게 느껴졌지만 처음 듣는 이름이었다.

"영주님, 혹시 아시는 분이십니까?"

아돌프가 조심스럽게 물었다.

이곳은 마기로 둘러싸인 아베론 영지다. 대륙 지도에는 표기조차 되어 있지 않은 외진 곳이었다.

아무렇지도 않게 방문을 청할 수 있는 곳은 결코 아니었다.

아돌프는 필시 레이샤드가 방문자와 일면식이 있을 것이라고 여겼다.

그렇지 않고서야 외지인이 겁도 없이 아베론 성에 들어오려 하지는 않을 것이라 생각했다. 하지만 레이샤드는 아돌프에게도 진실을 밝힐 수가 없었다.

"아니요. 전혀 모르겠는데요."

레이샤드가 시치미를 잡아뗐다.

어딘지 모르게 반기는 듯한 표정이 심상치 않아 보였지만 아돌프도 더 이상은 추궁하지 못했다.

"어떻게 하시겠습니까?"

아돌프가 처리 여부를 물었다.

솔직히 말해 현재 아베론 영지는 외부의 손님을 맞이할 만한 처지가 아니었다.

성을 지키는 기사도 없고 접대를 총괄하는 집사도 없는 상태였다.

지난번 열다섯 번째 생일 연회 때야 어쩔 수 없었다 치더라도 갑작스럽게 찾아온 손님을 준비 없이 맞는다는 건 실례나 다름없었다.

그래서 아돌프는 내심 레이샤드가 거절해 주길 바랐다.

하지만 레이샤드는 그런 아돌프의 기대에 부응해 주지 않았다.

"날 찾아온 손님이잖아요? 그러면 받아들여야죠."

레이샤드가 당연하다는 듯이 말했다.

"하아……. 알겠습니다."

그 덕분에 할 일이 늘어난 아돌프가 나직이 한숨을 내쉬었다.

"아베론 영지의 총관을 맡고 있는 아돌프라고 합니다. 아베론 성에 오신 것을 진심으로 환영합니다."

집무실에서 나온 아돌프는 즉시 아래층으로 내려갔다.

그리고 응접실에서 기다리고 있는 일행을 찾아가 자신을 소개했다.

"엘리자베스라고 해요. 잘 부탁해요."

엘리자베스가 일행들을 대신해 가볍게 고개를 숙였다.

대단할 것 없는 자기 소개였지만 빼어난 외모 때문일까. 아돌프는 엘리자베스에게서 좀처럼 눈을 떼지 못했다.

'후우…… 영주님께서 동요하지 않으셨으면 좋겠군.'

한참 만에 평정심을 되찾은 아돌프는 레이샤드가 걱정되었다.

본래 사내들이란 비슷한 나이의 여자들에게 보다 매력을 느끼는 법이다.

엘리자베스처럼 또래의 아름다운 소녀를 만나고도 레이샤드가 평정심을 지킬 수 있을 거란 확신이 들지 않았다.

그러나 정작 레이샤드는 너무나 태연하게 엘리자베스 일행을 맞이했다.

"어서 오세요. 레이샤드라고 해요. 아베론 영지에 온 걸 환영해요."

레이샤드는 의례적으로 자신을 소개했다.

엘리자베스와는 이미 두 번이나 만난 사이이지만 아돌프를 속이기 위해서는 어쩔 수가 없었다.

"처음 뵙겠습니다, 영주님. 엘리자베스라 불러주세요."

엘리자베스도 보랏빛 드레스를 들어 올리며 레이샤드에게 정중하게 인사를 했다.

"반가워요, 엘리자베스님."

레이샤드는 엘리자베스와의 재회가 무척이나 기뻤다.

고작 하루가 지났을 뿐인데도 마치 며칠 만에 반만 듯 반갑고 가슴이 설레었다.

하지만 그 감정을 표현하기에는 지켜보는 이들이 너무나 많았다.

조금 전까지만 해도 레이샤드는 엘리자베스가 일행을 데려올 것이라고는 전혀 생각지 못했다.

그러나 엘리자베스의 뒤에는 무려 다섯 명이나 되는 일행이 서 있었다.

거기에 아돌프까지 엘리자베스 일행의 응접을 위해 집무실에 남아 있는 상황이었다.

"영주님, 일단 손님들을 응접실로 모시는 게 좋겠습니다."

눈치 빠른 아돌프가 엘리자베스 일행을 바라보며 말했다.

집무실에 놓여 있는 소파는 세 자리뿐이었다. 그보다는 앉을 자리가 충분한 응접실로 안내하는 게 나았다.

"응접실로 가시지요."

레이샤드가 앞장서서 엘리자베스 일행을 응접실로 안내했다.

실비아가 날마다 관리를 해준 덕분에 응접실은 깔끔했다.

낯선 손님들을 맞이하더라도 아무런 문제가 없을 것 같았다.

"엘리자베스님, 이쪽으로 앉으세요."

레이샤드가 엘리자베스에게 자리를 권했다. 그리고 자신도 엘리자베스의 맞은편에 앉았다.

"감사합니다, 영주님."

아돌프의 시선을 의식한 듯 엘리자베스가 한껏 예의를 갖췄다. 그녀를 따라 일행들도 빈자리에 착석했다.

"차를 준비하도록 하겠습니다."

기본적으로 응접할 분위기가 마련되자 아돌프가 본격적인 접대를 시적하려 했다.

하지만 엘리자베스는 고작 차나 마시기 위해 이곳에 온 게 아니었다.

"미안하지만 자리를 좀 비켜 주시겠어요?"

엘리자베스가 아돌프를 향해 정중하게 청했다.

열다섯 살 생일을 맞은 지 얼마 되지 않은 어린 영주를 놔
두고 나가 달라는 건 상당히 무례한 청이었다.

그러나 엘리자베스에게서 풍겨지는 거절할 수 없는 마력
때문일까.

아돌프는 자신도 모르게 고개를 끄덕이고 말았다.

아돌프가 응접실을 나가면서 다소 딱딱했던 분위기가 한
결 가벼워졌다.

"다시 만나서 반가워요, 엘리자베스."

레이샤드가 애써 억눌렀던 친근함을 드러냈다. 그러자 엘
리자베스가 대답 대신 예쁘게 미소를 머금었다.

"그런데 함께 온 분들은 누구죠?"

레이샤드의 시선이 엘리자베스의 옆쪽에 앉은 이들을 향
해 움직였다.

일행들에 대해서는 사전에 엘리자베스에게 언질을 받은
게 하나도 없었다.

그렇다 보니 어째서 엘리자베스와 함께 왔는지 궁금하기
만 했다.

"이쪽은 아스예요. 아스, 인사해. 영주님이셔."

엘리자베스가 오른쪽에 앉은 사내를 소개했다. 날카롭고
차가운 인상을 지닌 사내는 은색 머리카락을 어깨까지 늘어

뜨리고 있었다.

"아스타로트다."

은발 사내, 아스타로트가 퉁명스럽게 중얼거렸다.

엘리자베스를 수행하기 위해 중간계에 내려오긴 했지만 고작 인간 따위에게 자신을 소개해야 한다는 게 마음에 들지 않는 모양이었다.

레이샤드도 무례한 아스타로트의 태도가 눈에 거슬렸다.

아베론 영지의 영주로 살면서 지금껏 그 누구에게도 이처럼 무례한 인사는 받아본 적이 없었다.

그러나 엘리자베스는 둘의 사소한 감정을 가볍게 무시해 버렸다.

"아스는 제가 살던 곳에서 가장 강한 기사였어요. 앞으로 영주님의 검술 스승이 되어줄 거예요."

엘리자베스의 일방적인 통보에 레이샤드가 놀라 눈을 치떴다.

늘 무표정하기만 하던 아스타로트도 당혹스러웠던지 눈매를 굳혔다.

"왜요? 싫어요? 레이, 잘 생각해 봐요. 아스 같은 대단한 기사에게 지도를 받는다는 건 엄청난 행운이라고요."

엘리자베스가 좋은 말로 레이샤드를 설득했다.

아스타로트는 마계 최고의 검사다.

마신들조차 검으로는 아스타로트와 맞서는 걸 기피할 정도였다.

그렇다 보니 마계의 일부 마족들은 아스타로트의 검을 구경하기 위해 죽음을 각오하기까지 했다.

그런 아스타로트에게 검술을 배울 수 있다는 건 엄청난 행운이 아니라 엄청난 영광이라고 봐야 했다.

하지만 레이샤드는 영 탐탁치가 않았다.

엘리자베스가 극찬을 늘어놓은 만큼 아스타로트가 대단하다는 건 이해하겠지만 그래도 자신을 무시하는 듯한 상대에게 검을 배운다는 게 자존심이 상했다.

그렇다고 자신을 돕겠다고 나선 엘리자베스의 배려를 이대로 무시할 수는 없는 노릇이었다.

"나는 상관없지만…… 아스타로트는 별로 내키지 않는 것 같네요."

레이샤드가 슬쩍 아스타로트에게 결정을 떠넘겼다.

아스타로트가 자신을 마음에 들어 하지 않는다는 걸 영악하게 알아챈 것이다.

인간인 레이샤드가 자신의 이름을 함부로 불렀다는 사실만으로도 아스타로트의 얼굴이 금세 폭발할 것처럼 붉어졌다.

하지만 그것도 잠시.

"아스, 정말 싫어?"

엘리자베스가 살짝 미간을 찌푸리자 아스타로트는 언제 그랬냐는 듯 감정을 되삼켰다. 그리고는 가볍게 고개를 흔들었다.

"황…… 아니, 엘리자베스님께서 시키시는 일이라면 무엇이든 다하겠습니다."

크라우스 일가를 섬기는 아스타로트의 충성심은 마계에서도 정평이 나 있었다.

검술을 가르치는 대상이 인간이라는 게 굴욕적이긴 했지만 그렇다고 해서 엘리자베스의 청을 거절할 생각은 추호도 없었다.

'인간, 엘리자베스님의 제안을 받아들인 것을 뼈저리게 후회하게 만들어주마.'

레이샤드를 향한 아스타로트의 눈빛이 스산하게 변했다. 그 모습이 꼭 눈앞에 먹잇감이라도 둔 것처럼 보였다.

그러나 엘리자베스도 아무런 대책 없이 아스타로트에게 레이샤드를 맡긴 것은 아니었다.

"참, 아스. 레이를 대륙 최고의 검사로 만들어주어야 해. 그 정도는 할 수 있지?"

엘리자베스가 대륙 최고의 검사를 강조했다. 그러면서 아스타로트의 자존심을 슬쩍 건드렸다.

마족이란 본래 자존심에 죽고 사는 일족이다. 그런 소리를 듣고 가만있을 아스타로트가 아니었다.

"엘리자베스님께서 원하신다면 꼭 그렇게 만들도록 하겠습니다."

아스타로트가 입술을 꾹 깨물었다.

본래 계획은 레이샤드를 모질게 몰아친 뒤에 스스로 나가 떨어지도록 만들 생각이었지만 이렇게 된 이상 진심으로 레이샤드를 가르칠 수밖에 없었다.

덩달아 레이샤드를 향한 아스타로트의 눈빛이 더욱 서늘해졌다.

'윽! 무슨 눈빛이 저리 차갑지?'

레이샤드는 자신도 모르게 움찔 몸을 떨었다. 그리고는 도망치듯 시선을 옮겼다.

"다음은 가르시아예요. 레이에게 학문과 교양을 가르쳐 줄 대학자죠."

엘리자베스가 아스타로트의 옆에 앉은 중년 신사를 소개했다.

"가르시아라고 합니다. 영주님에 대한 말씀은 많이 들었습니다. 앞으로 잘 부탁드립니다."

가르시아가 자리에서 일어나 레이샤드에게 깊숙이 허리를 숙였다.

"반가워요."

레이샤드가 웃으며 가르시아를 반겼다.

아베론 영지에 없는 학자라는 사실도 마음에 들었지만 아스타로트와는 다른 유순함이 레이샤드를 기분 좋게 만들었다.

그러나 겉모습만 보고 사람을 판단하는 건 위험한 짓이었다.

특히나 마족의 경우 겉모습과 실제 성격이 판이한 경우가 대부분이었다.

오히려 아스타로트처럼 성격과 외모가 일치하는 마족들이 대하기 편했다.

가르시아처럼 겉으로는 웃고 있지만 속으로는 무슨 생각을 하는지 짐작조차 되지 않는 자는 조심해야만 했다.

'인간치고는 상당히 잘생겼군. 황녀님께서 관심을 가지실 만해.'

다행히도 레이샤드에 대한 가르시아의 평가는 후했다. 본래 마족들은 강함과 아름다움을 숭배하는 일족이다.

그렇다 보니 강하거나 혹은 아름답다면 마족들로부터 호감을 살 수 있었다.

'어린 영주님께 무엇을 가르쳐 볼까? 서신 한 통으로 전쟁을 일으키는 법? 아니면 말 몇 마디로 남의 여자를 빼앗아 오는 법? 아니지, 아니야. 황녀님께서 눈독을 들이시는 것 같은데 괜히 쓸데없는 걸 가르쳐 줬다간 목이 달아날지도 모르지. 암.'

가르시아는 레이샤드를 가르칠 생각에 실실 웃음이 났다. 지금껏 수많은 마족을 지도해 봤지만 인간을 가르치는 것은 이번이 처음이었다.

인간이 감당할 수 있는 지식수준이 어느 정도인지는 모르겠지만 가르시아는 레이샤드에게 최대한 많은 것을 가르쳐 볼 생각이었다.

그 속에서 얼마나 많은 것을 배우느냐는 온전히 레이샤드의 몫이라 여겼다.

하지만 그랬다면 엘리자베스가 수많은 마족 중에서 가르시아를 선택하지 않았을 것이다.

"가르시아, 레이에게 대륙의 영주들과 군주들이 갖추어야 할 모든 것을 완벽하게 가르쳐 줘야 해. 알았지?"

엘리자베스가 웃는 얼굴로 가르시아를 돌아봤다.

그러나 싸늘하게 식은 그녀의 검은 눈동자는 만에 하나 쓸데없는 짓을 했다간 가만 두지 않겠다며 차갑게 으르렁거렸다.

"며, 명심하겠습니다. 황…… 아니, 엘리자베스님."

가르시아가 냉큼 고개를 숙였다.

마계에서는 최고위 마족으로 군림해 온 그였지만 감히 엘리자베스의 명은 거절할 수가 없었다.

"다음은 마법사 라인하르트예요. 저를 대신해 당분간 영지의 마법사로 일할 거랍니다."

엘리자베스는 다음으로 가르시아의 옆에 앉은 젊은 사내를 소개했다.

사내는 마법사들처럼 검은색 로브를 두르고 있었다. 그러나 잘 빗어 넘긴 머리 모양이 신경 쓰인 듯 후드는 쓰지 않은 상태였다.

"라인하르트라고 합니다, 영주님. 영주님과 아베론 영지를 위해 최선을 다하겠습니다."

라인하르트가 앉은 채로 레이샤드에게 고개를 숙였다.

가르시아만큼 예의를 갖추지는 않았지만 레이샤드는 조금도 무례하다고 느끼지 못했다.

"라인하르트, 앞으로 잘 부탁해요."

레이샤드가 가볍게 웃어 보였다.

엘리자베스가 전속 마법사가 되어주지 않았다는 건 조금 섭섭하긴 했지만 라인하르트라면 그 역할을 충분히 잘해 줄 것 같았다.

그러면서도 레이샤드는 엘리자베스가 언급했던 당분간이라는 표현을 대수롭지 않게 여겼다.

라인하르트보다 뛰어난 마법사가 혹시라도 아베론 영지에 머무르게 된다면 그에게 전속 마법사의 자리를 넘겨도 상관없다는 뜻으로만 받아들였다.

그러나 라인하르트도 엘리자베스처럼 아베론 영지의 전속 마법사가 되어 얼굴을 드러낼 수 없는 처지였다.

그의 진짜 정체는 마법 공작 라인하르트.

마계에서 마법을 가장 잘 다루는 귀족이었다.

마계의 귀족들은 작위가 없는 마족들과는 수준이 다르다.

최고위 마족과 같은 범주에 포함되어 있긴 하지만 그것은 어디까지나 일반적인 구분에 의한 것일 뿐이다.

실제 마계에서 귀족은 자신만의 권역을 가진 작은 왕으로 군림했다. 그만큼 많은 업적을 쌓았고 권역을 지배할 만한 힘과 능력을 갖추고 있다는 의미였다.

그렇다 보니 작위가 없는 최고위 마족들은 감히 귀족들을 제대로 바라보지도 못했다.

가르시아도 마찬가지.

마계에서는 이름 높은 귀족이었지만 아스타로트와 라인하르트 사이에 끼어서는 쥐죽은 듯 입을 다물고 있었다.

더욱이 마계 공작이라면 마계의 6작위 중 두 번째로 높은 작위였다. 후작인 아스타로트보다도 작위가 높았다.

그럼에도 라인하르트가 군말없이 엘리자베스를 따르기로

결정한 건 인간들에 대한 관심이 높기 때문이었다.

라인하르트가 평소 입버릇처럼 하고 다니는 말이 인간 마법사를 가르쳐 보고 싶다는 것이었다.

그 이야기를 접한 엘리자베스는 라인하르트에게 절대 복종을 조건으로 손을 내밀었다.

라인하르트도 평생의 소원을 이룰 수 있는 기회를 결코 마다하지 않았다.

"레이, 라인하르트는 앞으로 영지의 마법사들을 키우고 가르치는 데 전념할 거예요. 본인도 그걸 원하고 있고요."

엘리자베스가 라인하르트의 역할에 대해 명확하게 선을 그었다.

바로 영지 마법사들의 육성.

지금의 아베론 영지의 규모만 놓고 보자면 우스운 이야기였지만 언제고 크로노스 왕국의 드넓었던 영토를 수복했을 때에는 수천의 마법사가 필요하게 될 것이다. 그리고 그 중심에 라인하르트가 서게 되는 것이다.

그러나 이번에도 레이샤드는 엘리자베스의 말을 정확하게 이해하지 못했다.

엘리자베스가 너무 먼 곳을 바라보고 있기 때문에 같은 생각을 하기가 어려웠다.

"다음은 골드마크. 레이와 아베론 영지의 재정을 담당해 줄 거예요."

엘리자베스가 라인하르트의 옆자리에 앉은 호리호리한 사내를 소개했다.

그러자 사내, 골드마크가 냉큼 일어나 레이샤드에게 고개를 숙였다.

"만나 뵙게 되어 대단한 영광입니다, 영주님. 많이 부족하지만 저를 믿고 영지의 금고를 맡겨 주신다면 대륙 최고의 부자로 만들어드리겠습니다."

골드마크가 경험 많은 상인처럼 입을 놀렸다. 실제로 그는 마계에서 상재(商材)로 이름이 높은 마족이었다.

엘리자베스는 골드마크에게 기대하는 바가 컸다.

아베론 영지가 지금의 궁색함에서 벗어나기 위해서는 무엇보다 재화가 필요했다. 그 재화를 만들어줄 수 있는 게 바로 골드마크였다.

그러나 정작 레이샤드의 표정은 그리 밝지만은 않았다. 재정 담당관인 조르만이 마음에 걸린 것이다.

조르만은 하르베스 폐황태자 때부터 아베론 영지의 재정 관리를 맡아 왔다.

생산되는 것이라고는 폐광된 구리광뿐이었던 영지가 이만큼이나마 유지가 되었던 것은 보이지 않는 조르만의 노력 덕분이었다.

그런 조르만을 두고 골드마크를 무작정 받아들일 수는 없는 노릇이었다.

"레이, 골드마크가 마음에 들지 않나요?"

레이샤드의 표정을 살핀 엘리자베스가 물었다. 그러자 레이샤드가 솔직한 심정을 밝혔다.

"영지에는 조르만이라는 훌륭한 재정 담당관이 있어요. 그를 잃고 싶지는 않아요."

레이샤드는 골드마크를 인정하면 조르만의 자리를 내주어야 한다고 이해하고 있었다. 좁은 영지에 재정 담당 관리가 두 명일 필요는 없었다.

그러나 엘리자베스는 처음부터 조르만의 자리를 빼앗을 생각이 조금도 없었다.

"레이, 골드마크는 그저 개인적으로 레이를 도울 뿐이에요. 그러니까 조르만을 내쫓을 필요는 없어요."

엘리자베스가 웃는 얼굴로 레이샤드를 달랬다. 그제야 레이샤드의 표정이 한결 가벼워졌다.

"미안해요, 골드마크. 내가 오해를 했나 봐요."

레이샤드가 골드마크를 바라보며 어색하게 웃었다.

"아닙니다, 영주님. 그저 저같이 미천한 놈을 곁에 두고 써주신다는 것만으로도 영광일 따름입니다."

골드마크가 당치 않다며 고개를 흔들었다.

솔직히 말해 그는 다른 쟁쟁한 마족들과 함께 중간계에 내려온 것만으로도 감격할 지경이었다.

마계는 약육강식의 세계다. 세상사는 것이야 인간들이 사는 중간계와 큰 차이는 없다지만 철저히 힘의 율법에 의해 다스려지는 곳이었다.

그렇다 보니 마계에서 장사를 하는 이들은 힘없고 유약한 마족들이 대부분이었다. 대부분이 중급 마족 수준을 벗어나지 못했다.

골드마크는 상인 마족들 중에서는 가장 성공한 편이었다. 그는 벌어들인 돈으로 고위 마족의 피와 마력을 사 자신을 성장시켰다. 그래서 어렵사리 최고위 마족의 반열에 올랐다.

그런 골드마크를 평소 눈여겨보던 엘리자베스는 레이샤드를 돕고 아베론 영지를 일으키는 데 힘을 보태라고 말했다.

최고위 마족이 되긴 했지만 상인 출신이라는 이유로 온갖 멸시와 굴욕을 받아야만 했던 골드마크는 그 자리에서 고개를 끄덕였다. 그리고 이렇게 레이샤드의 맞은편에 앉게 된 것이다.·

'걱정 마십시오. 영주님. 금화 한 닢이라도 제 손에 쥐어주신다면 대륙 제일의 부자로 만들어드리겠습니다.'

골드마크가 속으로 의지를 다졌다.

보다 치열하고 위험천만한 마계에서도 손꼽히는 부를 축

적했던 그에게 인간 세상에서 재화를 불리는 것쯤은 일도 아니었다.

"그리고 알. 영주님께 인사드려."

엘리자베스가 오른쪽 끝에 앉은 사내를 바라보며 말했다. 그러자 사내가 천천히 일어나 레이샤드를 향해 정중하게 인사를 했다.

"아르메스입니다, 영주님. 앞으로 잘 부탁드립니다."

회색빛이 감도는 의상 때문인지 몰라도 아르메스는 다른 이들에 비해 훨씬 젊잖게 느껴졌다.

"네, 저도 잘 부탁해요."

레이샤드도 아르메스를 따라 가볍게 고개를 숙였다. 그리고는 엘리자베스를 바라봤다.

왠지 모르게 아돌프를 닮은 듯 한 아르메스는 어떤 일을 해 줄지 궁금해졌다.

"알은 제 집사예요. 앞으로는 레이의 일도 알아서 챙겨 줄 거예요."

엘리자베스가 아르메스에 대해 일러주었다.

아르메스는 마계에서도 여러 마신들을 섬겨 왔던 노련한 수행 마족이었다. 그 경험들을 살려 엘리자베스를 보필하는 임무를 맡은 것이다.

"아……. 그렇군요."

레이샤드가 천천히 고개를 끄덕였다. 지금껏 단 한 번도 집사가 없었던 탓일까. 아르메스같은 기품 있는 집사를 둔 엘리자베스가 그저 부럽기만 했다.

제9장

브론즈 남작가의
손님들 Part 2

1

　일행들에 대한 간단한 소개가 끝난 뒤 레이샤드는 엘리자베스와 함께 집무실로 자리를 옮겼다.

　엘리자베스의 일행이라곤 해도 오늘 처음 보는 이들이 듣는 가운데서 사적인 이야기를 주고받는 건 아무래도 불편할 수밖에 없었다.

　덕분에 인간으로 분한 마족들도 긴장을 풀 수 있었다.

　"후우……. 인간 노릇을 하는 것도 쉽지가 않군요."

　가르시아가 어깨를 축 늘어뜨리며 중얼거렸다.

　레이샤드에게 좋은 모습을 보이기 위해 쓸데없이 웃고 있었더니 얼굴 근육이 다 욱신거릴 지경이었다.

"그러게 유난을 떨 때부터 알아봤다니까."

가르시아의 옆에 앉아 있던 라인하르트가 코웃음을 쳤
다.

다른 마족들은 평소와 다를 바 없이 레이샤드를 대하는데
유독 가르시아만 좋은 모습을 보여주려 노력했으니 피곤하게
느껴지는 것도 무리는 아니었다.

"그야 엘리자베스님께서 가르시아님의 인상을 펴라고 주
문하셔서 생긴 일이 아니겠습니까?"

라인하르트의 오른쪽에 앉아 있던 골드마크가 히죽 웃으
며 말했다.

그러자 아스타로트의 섬뜩한 눈빛이 대번에 골드마크를
향해 날아들었다.

마치 모든 일의 책임을 엘리자베스에게 돌리는 것 같은 골
드마크가 마음에 들지 않는 것이다.

그러자 골드마크가 정색을 하며 손사래를 쳤다.

"겨, 결단코 그런 뜻으로 드린 말씀이 아닙니다. 오해하지
말아주십시오. 정말입니다, 후작 각하. 정말입니다."

얼굴이 하얗게 질려 버린 골드마크는 자신의 말실수를 자
책하고 또 자책했다.

다른 이도 아니고 아스타로트가 있는 자리에서 함부로 입

을 놀리다니. 하마터면 중간계 구경은 해보지도 못하고 목이 달아날 뻔했다.

엘리자베스의 눈에 들어운 좋게 중간계로 오긴 했지만 애석하게도 이 자리에서 골드마크가 편히 대할 수 있는 마족은 아무도 없었다.

아스타로트와 라인하르트는 마계의 귀족이었다.

가르시아는 마계에서도 이름난 학자였으며 아르메스는 명성은 조금 떨어지지만 오랫동안 마신들을 섬겨 온 전력이 있었다.

재력으로 지금의 위치에 오른 게 전부인 골드마크에게 이 자리는 너무나도 불편하기만 했다.

솔직히 쟁쟁한 마족들 사이에서 편히 숨조차 쉬기 어려웠다.

그나마 엘리자베스라도 함께 있다면 마음이 편하겠지만 그녀가 사라진 지금은 그야말로 가시방석이나 마찬가지였다.

'그나저나 대체 순서가 어떻게 되는 거야?'

혹여나 실수하지 않을까 마음을 졸이면서도 골드마크는 불현듯 쓸데없는 호기심이 치밀어 올랐다.

엘리자베스라는 절대적인 권력이 있을 때는 상관없지만 그녀가 사라진 지금 응접실에 남은 마족들 간에는 묘한 분위기가 흐를 수밖에 없었다.

본래 마족들이 모이게 되면 서열을 명확하게 하는 게 일반적이다.

마족이란 족속이 워낙 서열에 민감한데다가 마계 자체가 약육강식의 율법이 지배하는 곳이다 보니 당연한 수순이었다.

하지만 엘리자베스는 마족들에게 각기 역할만을 일러줬을 뿐 서열을 정리할 수 있는 시간을 주지 않았다. 덕분에 마족들의 관계는 더없이 서먹서먹하기만 했다.

물론 객관적으로 놓고 봤을 때 어느 정도 서열화는 가능했다.

일단 귀족인 아스타로트와 라인하르트가 가장 먼저일 테고 그다음이 가르시아와 아르메스일 것이다.

다른 마족들에 비해 전투 능력이 떨어지는 골드마크는 가장 마지막이었다.

가르시아와 아르메스는 그나마 판별하기가 편했다. 둘 다 비전투적인 성향의 마족인만큼 나서서 힘자랑을 하지는 않았지만 아르메스를 대할 때마다 가르시아가 은연중에 목에 힘을 주는 모습이 여러 차례 보였다.

반면 아르메스는 시종일관 차분하고 침착했다. 그것이 단순한 성격만이 아니라 서열 관계가 감안된 것이라면 아르메스보다는 가르시아를 우선으로 봐야 했다.

문제는 아스타로트와 라인하르트였다.

단순히 작위만 놓고 보자면 공작인 라인하르트가 아스타로트보다 위였다. 그리고 일반적으로 마계는 작위에 따라 힘의 편차가 존재하는 편이었다.

하지만 절망의 검이라 불리는 아스타로트는 후작이라는 작위가 어울리지 않는 사내였다.

게다가 아스타로트는 크라우스 일가를 보필하기 위해 승작도 마다했다.

마계의 규칙상 공작 이상은 직접적으로 마신들을 섬길 수 없기 때문이다.

단순히 마계의 전공만 놓고 따지자면 아스타로트가 라인하르트를 압도하고도 남을 만큼 대단했다.

라인하르트는 전쟁보다는 마법에 빠져 지냈다.

반면 아스타로트는 크라우스의 검이자 마계를 대표하는 검으로서 늘 천계와의 전쟁에서 선두에 섰다.

그 전공이 작위로 이어졌다면 아스타로트는 아마 지금쯤 마신의 반열에 들었을 것이라는 게 마계의 정설이었다. 따라서 단순히 강함만을 놓고 본다면 아스타로트와 라인하르트를 비교하는 거 자체가 무리였다.

그러나 공작이라는 작위를 지닌 라인하르트가 아스타로트

를 순순히 인정해 줄지는 의문이었다.

아스타로트가 위명이 쟁쟁한 마족이라 하더라도 라인하르트 또한 마법의 공작이라 불리는 대단한 존재였다.

마법이라는 방면에서 최고라 불리는 그가 아스타로트에게 선뜻 고개를 숙일 것 같지는 않았다.

'이거 잘하면 응접실이 난장판이 되겠군.'

머잖아 펼쳐질 힘겨루기를 상상하며 골드마크가 속으로 웃음을 흘렸다.

상인으로 비굴하게 살아오긴 했지만 그의 몸에도 마혈이 흐르고 있었다.

대개 마족들은 남녀노소 가리지 않고 싸움 구경을 무척이나 즐기는 편이었다.

특히나 최고위 마족들 중에서도 정점에 오른 마족들끼리의 싸움은 돈을 주고도 보기 힘든 진귀한 구경거리였다.

"그나저나 여긴 어지간히 좁군그래. 내가 쓰는 창고도 이곳보다는 넓겠어."

라인하르트가 응접실을 둘러보며 불만스럽게 중얼거렸다.

워낙 호사스러운 생활을 해서일까. 상당히 큼직한 아베론 성의 응접실이 좁게만 느껴졌다.

그러자 잠자코 있던 가르시아가 슬쩍 끼어들었다.

"라인하르트님, 아마 라인하르트님께 배정된 방은 여기보다 더 좁을지 모릅니다. 그러니 미리 마음의 준비를 단단히 하시는 게 좋을 것 같습니다."

마치 조금 전의 비아냥에 복수라도 하듯 가르시아가 슬쩍 입꼬리를 말아 올렸다.

그러나 고작 그 정도 도발에 울컥할 만큼 라인하르트는 호락호락하지 않았다.

"만일 그렇다면 네 방까지 내가 써야겠다."

"그, 그럼 저는 어디서 지내란 말씀이십니까?"

"너야 학자니까 도서관에서 자면 될 거 아냐?"

라인하르트의 짓궂은 말에 가르시아가 이맛살을 찌푸렸다.

힘으로도 농담으로도 라인하르트를 상대하는 건 쉽지 않아 보였다.

"참, 그건 그렇고 이제 서열을 정해야 할 것 같은데 어떻게 하지?"

분위기가 조금 화기애애하게 변하자 라인하르트가 넌지시 서열 문제를 거론했다.

순간 골드마크가 눈을 반짝였다.

이제야 비로소 아스타로트와 라인하르트의 싸움을 구경하게 됐다며 좋아했다.

하지만 애석하게도 라인하르트는 아스타로트와 싸울 마음

이 추호도 없었다.

"일단 아스타로트님이 첫 번째이고 내가 두 번째, 세 번째
는 가르시아 너냐? 그럼 아르메스가 네 번째겠고 골드마크,
네 녀석이 꼴지로구나."

라인하르트는 그 자리에서 서열을 정해 버렸다. 그리고 아
무렇지도 않은 얼굴로 아스타로트가 자신보다 강하다는 사실
을 인정해 버렸다.

"불만 있는 놈은 지금 말해. 내가 친히 마력장을 펼쳐 줄
테니까."

오히려 라인하르트는 다른 마족들의 싸움을 부추겼다.

얌전한 아르메스가 말 많은 가르시아에게 도전하길 내심
바라는 눈치였다.

그러나 아르메스도 불필요한 싸움을 즐기는 편은 아니었
다.

게다가 그의 역할은 엘리자베스를 보좌하는 것이었다. 그
렇다 보니 서열 따윈 어찌 되든 상관없었다.

"뭐야, 아무도 불만 없어? 그러지 말고 불만 있는 놈들은
나서라니까? 이 성이 무너질 걱정 같은 건 하지 않아도 돼. 내
가 마법 장벽으로 보호해 줄 테니까 말이야."

라인하르트가 실실 웃음을 흘렸다. 하지만 그들 중 누구도
라인하르트의 꾐에 넘어가지 않았다.

"쳇, 시시한 놈들. 아무튼 서열은 정해졌으니 알아서 잘하도록. 알겠지?"

라인하르트가 마족들을 둘러보며 당부했다. 당연하게도 그의 말에 불만을 갖는 마족은 아무도 없었다.

"아스타로트님, 따로 하실 말씀이 있으십니까?"

라인하르트가 마지막으로 아스타로트를 바라봤다. 과묵한 성격의 아스타로트를 대신해 나서긴 했지만 혹여 그의 기분이 상했을까 봐 걱정이 되는 눈치였다.

'허……'

그 모습을 지켜보던 골드마크는 속으로 혀를 내둘렀다.

마법 공작이라 불리는 라인하르트가 아스타로트에게 자연스럽게 공대를 하고 있다. 그만큼 아스타로트라는 존재가 엄청나다는 의미였다.

'앞으로 아스타로트님의 눈에는 절대 띄지 말아야겠어.'

골드마크는 속으로 다짐하고 또 다짐했다.

아스타로트의 성격상 그에게 잘 보인다는 건 불가능에 가까운 일. 그렇다면 차라리 부딪칠 일을 만들지 않는 편이 나았다.

"그건 그렇고, 인간 영주는 어때 보여? 난 별로 나쁘지 않은 것 같은데."

분위기가 가라앉자 라인하르트가 다시 대화를 주도해 나

갔다.

이번 화제는 레이샤드.

엘리자베스가 적극적으로 도와주기로 한 운 좋은 소년 영주에 대해서였다.

"인간치고는 영민해 보였습니다. 성격도 나빠 보이지 않았고요. 얼마나 성장할지는 지켜봐야겠지만 엘리자베스님께서 잘 선택하셨다고 생각합니다."

가르시아는 긍정적인 반응을 보였다.

"제 생각도 비슷합니다."

"저 역시 같은 생각입니다."

아르메스와 골드마크도 냉큼 맞장구를 치고 나섰다.

"쳇, 그러면 재미가 없잖아."

나직이 투덜거리던 라인하르트가 아스타로트를 바라봤다. 그라면 뭔가 마족다운 평을 해줄 것이라 기대하며.

하지만 아스타로트는 속에 있는 감정을 입 밖으로 낼 만큼 입이 가벼운 사내가 아니었다.

"인간은…… 인간일 뿐이다."

아스타로트가 짧게 대답했다.

그 한마디에 라인하르트는 물론이고 다른 마족들도 터지는 웃음을 참느라 애를 먹어야 했다.

2

다음 날.

영지의 대회의실에 아베론 영지의 관리들과 엘리자베스 일행이 한자리에 모였다.

"앞으로 한동안 우리 영지에 머무를 브론즈 남작가 분들입니다."

아돌프가 레이샤드를 대신해 엘리자베스 일행을 소개했다. 그러자 엘리자베스가 천천히 자리에서 일어났다.

"엘리자베스라고 해요. 앞으로 잘 부탁드려요."

엘리자베스의 눈부신 외모에 관리들은 하나같이 멍한 표정을 지었다.

특히나 상대적으로 젊은 축에 끼는 모비드와 페터슨은 쿵덕거리는 가슴을 주체하지 못했다.

그러나 단 한 사람, 에이작만큼은 불쾌하다는 표정이었다.

'한동안 영지에 빌붙어 있겠다니? 대체 우리 영지에 뜯어먹을 게 뭐가 있다고 떼로 방문한 거야?'

지난번 레이샤드의 열다섯 번째 생일 연회 때 변변찮은 취급을 받은 탓일까.

에이작은 영지에 레이샤드의 손님이 온다는 것 자체가 마음에 들지 않았다.

게다가 브론즈 남작가라는 가문의 이름도 낯설기 짝이 없었다.

어지간한 유력 가문의 이름은 달달 외우고 있는 그였지만 브론즈 가문은 단 한 번도 들어본 적이 없었다.

그렇다면 뻔한 일이었다.

레이샤드나 혹은 전 영주였던 하르베스 폐황태자와 약간의 일면식을 핑계로 영지에 신세를 지려는 게 틀림없어 보였다.

"영지의 사정이 뻔한데 귀한 손님들을 모셔놓고 결례를 범하는 건 아닌가 모르겠습니다."

에이작이 들으라는 듯 중얼거렸다. 그러자 아돌프는 물론이고 관리들의 표정이 딱딱하게 굳어졌다.

"에이작님! 대체 무슨 말씀을 하시는 겁니까?"

옆에 앉아 있던 조르만이 에이작을 만류했다.

손님들을 앞에 두고 영지 사정을 운운하다니. 이보다 더 큰 무례는 없었다.

하지만 에이작은 할 말은 해야겠다는 표정이었다.

"지난번 영주님의 생일 연회로 상당한 지출이 있었던 것으로 알고 있습니다. 그런데 또 손님이라니요. 영주님께서는 대체 어쩌려고 이러시는지 모르겠습니다."

에이작이 이해할 수 없다는 눈으로 레이샤드를 바라봤다.

그 모습이 마치 철없이 엘리자베스 일행을 받아들인 레이샤드를 힐난하는 것 같았다.

하지만 엘리자베스 일행도 아베론 영지에 폐를 끼칠 생각은 추호도 없었다.

"말씀 중에 죄송합니다만 이것을 받아주시겠습니까?"

골드마크가 품속에서 뭔가를 꺼내어 책상 위에 올려놓았다.

그 순간 아베론 영지의 관리들의 눈이 휘둥그렇게 변했다.

골드마크가 내놓은 것은 주먹만 한 금덩어리였다.

정제를 해봐야 알겠지만 족히 수천 골드의 값어치는 있어 보였다.

"이게 무엇입니까?"

아돌프가 놀란 눈으로 물었다. 그러자 골드마크가 대수롭지 않다는 얼굴로 말했다.

"당분간 저희 브론즈 가문이 아베론 영지에 신세를 지는 것에 대한 작은 대가라고 여겨 주시면 감사하겠습니다."

"말씀은 감사하지만 이러실 필요까지는 없습니다."

"아닙니다. 별로 대단치는 않지만 받아주셔야 저희가 마음이 편할 것 같습니다."

골드마크는 사양하는 아돌프의 앞쪽으로 금덩어리를 밀어넣었다.

"이러지 않으셔도 되는데…….."

당황해하던 아돌프는 다시 레이샤드를 바라봤다. 그러자 레이샤드가 가볍게 웃으며 고개를 끄덕였다.

엘리자베스와 그녀의 일행들은 잠시 아베론 영지에 머물렀다가 돌아가는 게 아니었다.

좋은 영주가 되는 건 길고도 어려운 일이었다.

어쩌면 관리들이 생각하는 것 이상으로 엘리자베스 일행은 오랜 시간 동안 아베론 영지에서 지내게 될지 몰랐다.

그런 사정을 감안했을 때 미리 그 대가를 받아두는 편이 엘리자베스 일행을 위해서도 좋은 일이었다.

"알겠습니다. 그렇게까지 말씀하신다면…… 영지를 위해 잘 쓰겠습니다."

아돌프가 마지못해 금덩어리를 받아 들었다.

자연스럽게 영지의 사정을 운운하던 에이작의 불만도 쏙 들어가 버렸다.

3

엘리자베스 일행과 간단한 일면식을 마친 아베론 영지의 관리들은 다시 소회의실로 자리를 옮겼다.

본래 영지 운영을 위한 정기적인 회의가 있는 날이었다. 하지만 관리들의 관심은 온통 엘리자베스와 그녀의 일행들을 향해 쏠려 있었다.

"아돌프님, 영주님과 엘리자베스님은 어떻게 알고 지내시는 사이입니까?"

재정을 담당하는 조르만이 아돌프에게 넌지시 물었다.

아돌프는 하르베스 폐황태자 일가를 가장 가까이서 보필한 당사자였다.

그라면 엘리자베스와 하르베스 폐황태자 일가와의 관계를 어느 정도는 알고 있을 것이라 여겼다.

그러나 애석하게도 아돌프 역시 엘리자베스와 브론즈 남작가에 대해 아는 게 하나도 없었다.

"그 점에 대해서는 저도 드릴 말씀이 없습니다."

"그러지 말고 말씀 좀 해주십시오."

"정말입니다. 돌아가신 하르베스 전하는 물론이고 헬레나님이나 영주님께 엘리자베스님이나 브론즈 남작가에 대한 말을 단 번도 들어본 적이 없습니다."

아돌프의 기억력은 상당한 편이었다. 설사 흘러 지나가듯 엘리자베스에 대한 이야기가 나왔다 하더라도 필시 기억하고 있었을 것이다.

"혹시 하르베스 전하께서 며느리 감으로 미리 점찍어놓으셨던 것 아닙니까?"

모비드가 슬쩍 운을 뗐다.

엘리자베스는 레이샤드와 비슷한 연배였다. 어쩌면 둘을 맺어주기 위해 하르베스 폐황태자가 몰래 나섰을지도 모를 일이었다.

"그럴 가능성도 아예 배재할 수는 없습니다."

아돌프가 묵묵히 고개를 끄덕였다.

그 점에 대해 아는 바 역시 전혀 없었지만 모비드의 말처럼 하르베스 폐황태자가 엘리자베스를 며느리 감으로 점찍어놓았을 가능성도 배제하긴 어려웠다.

단순히 외모만 놓고 봤을 때 엘리자베스는 궁색한 영지에 시집오기에는 상당히 아까운 편이었다.

그 정도 외모라면 제국의 황실에 시집가더라도 충분할 것 같았다.

제국에서 청춘을 보냈던 아돌프도 엘리자베스처럼 아름다운 여자는 보지 못했다.

만일 누군가가 엘리자베스의 초상화를 그려 제국으로 보낸다면 수많은 가문에서 구애를 할 게 틀림없었다.

그런 엘리자베스가 다른 영지도 아닌 아베론 영지를 방문했다는 점에서 아돌프는 레이샤드와 맺어질 가능성이 높다고 여겼다.

그리고 아직 정확하게 판단하긴 이르지만 단순히 외모만

놓고 봤을 때 엘리자베스처럼 아름답고 정숙해 보이는 여인이라면 레이샤드와도 잘 어울릴 것 같았다.

"그럼 로델 백작가는 어찌 되는 겁니까?"

조르만이 아돌프를 바라보며 물었다.

아베론 영지의 관리들 중 로델 백작이 레이샤드를 사윗감으로 점찍어놓고 있다는 사실을 모르는 이는 아무도 없었다.

"로델 백작가와 브론즈 남작가라. 아무래도 로델 백작가 쪽이 더 낫지 않겠습니까?"

브루스가 두 가문을 비교하듯 말했다.

브론즈 남작가에 대한 정보가 턱없이 부족하긴 했지만 메이샤 왕국에서도 상당히 부유한 영지를 거느린 로델 백작가보다는 못할 것이라고 여겼다.

그러자 모비드가 모르는 일이라며 고개를 흔들었다.

"결혼은 결국 당사자의 마음이 중요합니다. 그리고 솔직히 말해서 레베카님보다는 엘리자베스님께서 아름답고 기품이 넘치지 않습니까?"

모비드의 말처럼 레이샤드가 레베카보다 엘리자베스를 마음에 들어 한다면 레베카의 가문이 백작가라 하더라도 소용없어지는 셈이다.

"그런데 브론즈 남작가는 대체 어디 있는 곳입니까?"

에이작이 퉁명스럽게 끼어들었다.

조금 전에는 갑자기 금덩어리를 꺼내어 기가 죽긴 했지만 그래도 별 볼 일 없는 가문일 게 틀림없다고 여겼다.

"글쎄요. 저도 브론즈 남작가는 처음 들어봅니다."

"저도 그렇습니다. 아무래도 이 근방의 가문은 아닌 듯한데……."

관리들이 하나같이 고개를 갸웃거렸다.

그들로서도 대륙에 존재하는 수많은 가문을 전부 기억할 수는 없는 노릇이었다.

"엘리자베스님께서는 제국에 있는 가문이라고 하셨습니다."

회의장이 술렁거리자 아돌프가 어쩔 수 없다는 듯 엘리자베스로부터 들은 이야기를 해주었다.

"아……. 제국의 가문이란 말입니까?"

의외였던지 에이작이 눈가를 찌푸리고는 다시 입을 다물었다. 그러나 다른 관리들의 입방아는 아직 끝나지 않았다.

"브론즈 남작가 제국의 가문이라 하더라도 로델 백작가가 낫지요. 우리 영주님은 제국의 황족이 아닙니까?"

브루스가 끝까지 로델 백작가의 편을 들었다. 그러자 모비드가 고개를 흔들었다.

"제국의 황족이시긴 하지만 아베론 영지를 생각한다면 가릴 입장은 아니잖습니까?"

"아베론 영지의 사정을 고려한다면 더더욱 로델 백작가 쪽을 선택해야지요. 브론즈 남작가가 얼마나 대단한 가문인지는 모르겠습니다만 당장 영지에 도움이 될 만한 곳은 로델 백작가 아니겠습니까?"

"하지만 브론즈 가문이 제국에서 상당한 영향력을 행사하는 가문일지도 모를 일이 아닙니까?"

브루스와 모비드는 때아닌 레이샤드의 신붓감을 놓고 옥신각신하기 시작했다.

아돌프가 헛기침을 하며 만류해 봤지만 소용없었다. 둘은 레이샤드의 결혼에 아베론 영지의 미래까지 결부시켜가며 흥분을 감추지 못했다.

그때였다.

"영주님께서 꼭 한 분하고만 결혼해야 합니까?"

잠자코 있던 페터슨이 굵은 목소리로 끼어들었다.

"그렇지요!"

"그 방법이 있었군요!"

브루스와 모비드는 묘안이라며 자신들의 무릎을 내려쳤다. 조르만도 나쁘지 않은 생각이라며 고개를 끄덕였다.

그렇게 레이샤드는 본인의 의사와는 상관없이 엘리자베스와 레베카 모두와 결혼하는 쪽으로 결론이 났다.

"그 이야기는 이제 그만들 하시고 회의에 집중해 주시기 바랍니다."

보다 못한 아돌프가 불쾌함을 드러냈다.

영주인 레이샤드는 가만히 있는데 관리들이 먼저 나서서 결혼 문제를 언급하는 건 실로 무례한 노릇이었다.

아돌프의 한마디에 회의장의 분위기는 다시 엄숙해졌다. 하지만 관리들은 좀처럼 머릿속의 잡념들을 쉽게 떨쳐내지 못했다.

4

아베론 영지의 가신들이 소회의실에 모여 있을 무렵, 엘리자베스는 마족들에게 아베론 영지에 대해 자세히 알아두라는 명을 내렸다.

다섯 마족들 중 가장 먼저 움직인 것은 지적 호기심이 왕성한 가르시아였다.

그는 주근깨투성이인 하녀의 도움을 받아 아베론 성의 7층에 있는 도서관으로 향했다.

"기대했던 것보다는 제법 크군."

별 볼 일 없는 아베론 영지의 모습과는 달리 도서관은 상당한 규모를 자랑했다.

애당초 백작령에 버금가는 규모로 영지가 세워지다 보니

도서관의 규모 또한 필요 이상으로 비대해진 것이다.

그러나 넓은 규모와는 달리 도서관을 관리하는 이는 아무도 없었다.

아베론 성에서 일하는 이들이 해마다 줄어들면서 결국 도서관 관리원까지 사라져 버린 것이다.

"인간들의 책이라. 어디⋯⋯."

가르시아가 앞쪽에 보이는 책장으로 손을 뻗었다. 그 순간 마력이 방출되면서 5층짜리 책장에 꽂혀 있던 3백여 권의 책이 동시에 뽑혀 나왔다.

가르시아는 그 자리에서 가볍게 손을 휘저었다. 그러자 3백여 권의 책이 동시에 허공 위에 자리를 잡았다.

다시 가르시아가 손을 휘젓자 책 표지들이 동시에 넘어가기 시작했다.

가르시아는 마치 악단을 지휘하는 지휘자처럼 가볍게 손끝을 움직였다.

그럴 때마다 허공에 뜬 책들은 알아서 페이지가 넘어갔다. 그리고 책 속에 담겨 있는 지식들은 가느다란 실처럼 뻗어 나간 마기를 통해 가르시아의 머릿속으로 차곡차곡 빨려 들어갔다.

가르시아의 새까만 눈동자가 녹색에서 붉은색으로 빛나기를 반복했다.

녹색으로 변한 건 책들의 지식을 동시에 받아들일 때 일어나는 현상이었다. 그리고 붉은색으로 바뀐 건 그 지식들을 머릿속에 담아두었다는 의미였다.

가르시아는 불필요하게 책들의 내용을 이해하려 하지 않았다.

그의 머릿속에는 마계의 대다수 책들의 내용이 담겨 있었다.

마계의 책들 속에는 중간계와 관련된 것들도 다수 포함되어 있었다.

일단 머릿속에 저장해 놓으면 그 내용들은 기존의 지식들을 통해 자연스럽게 이해가 될 것이다.

그것이 마계에서도 손꼽히는 두뇌를 자랑하는 가르시아의 지식 습득 방법이었다.

가르시아는 고작 십여 분 만에 3백여 권의 책에 담긴 내용을 전부 흡수했다.

이곳이 마계였다면 눈 깜짝할 사이에 머릿속에 집어넣었겠지만 중간계인 이상 마력을 사용하는 데 각별히 유의해야 했다.

지식 흡수를 끝마친 가르시아가 다시 가볍게 손을 휘저었다. 그러자 허공에 떠 있던 책들은 언제 그랬냐는 듯 제자리에 가지런히 꽂혀 들어갔다.

"도서관에 있는 책들을 전부 살피다 보면 어린 영주에게 무엇을 가르쳐야 할지 답이 나오겠지."

가르시아가 두 번째 책장을 향해 손을 뻗었다.

후아아아앗!

그의 손끝을 타고 가느다란 마기들이 사방으로 뻗어 나갔다.

5

두 번째로 자리에서 일어난 골드마크는 일단 아베론 성을 나섰다.

아베론 영지를 돌아다니며 돈을 벌 만한 것을 찾아보기 위해서였다.

골드마크가 가장 먼저 찾은 곳은 영지라면 으레 존재하는 번화가였다.

하지만 아무리 찾아봐도 번화가로 보이는 곳은 발견할 수가 없었다.

"이보게."

골드마크는 지나가는 영지민을 붙잡고 말을 걸었다. 영지민은 골드마크의 화려한 옷차림에 지레 겁을 먹고는 냉큼 몸을 낮췄다.

"이 근처에 번화가가 어디에 있는가?"

골드마크가 특유의 웃는 얼굴로 물었다. 그러자 영지민이 무슨 뚱딴지같은 소리냐는 듯 눈만 끔뻑였다.

"자네, 이곳에 사는 게 아닌가?"

"맞습니다. 아베론 영지에서만 3대째 살고 있습니다."

"그런데 번화가가 어디 있는 줄 모르는 겐가?"

"그게…… 어르신께서 생각하시는 번화가가 어떤 곳을 말씀하시는 건지 잘 몰라서……."

"허허. 그러니까 내 말은 상단이 오가고 상점들이 몰려 있는 곳이 어디냐는 말일세."

골드마크가 답답하다는 듯 되물었다. 하지만 영지민의 표정은 조금도 달라지지 않았다.

"죄송합니다만 저희 영지에는 그런 곳이 없습니다."

"없다니? 그게 무슨 말인가?"

"상단은 성에만 들어가고 이곳까진 오지 않습니다. 몇몇 상점이 아직도 장사를 하긴 하지만 물건이 팔리지 않아서 죽을상입니다. 그러니 번화가가 없다고 말씀드린 것입니다."

골드마크는 순간 할 말을 잃었다.

마기로 인해 생산력이 저하됐다는 이야기를 듣긴 했지만 이 정도로까지 엉망일 것이라고는 미처 생각지 못했다.

'돈을 벌려면 먼저 번화가부터 살려 놓아야겠군.'

생각보다 일이 복잡해지는 것 같아 골드마크가 이맛살을 찌푸렸다.

하지만 그뿐이다.

맨손으로 마계에서도 손꼽히는 부를 축적한 그에게 불가능은 없었다.

"일단 돈이 될 만한 것부터 찾아봐야겠어."

골드마크는 발걸음을 옮겨 농경지로 향했다. 성 밖으로 제법 넓게 자리 잡은 농경지에는 시커먼 풀들만 잔뜩 자라 있었다.

아베론 영지의 건설 초기에 영지의 규모는 지금과는 차원이 달랐다.

영지민만 무려 백만을 헤아렸다.

공짜로 땅을 나눠주고 세금이 저렴하다는 소문이 퍼지면서 대륙 각지에서 이주민들이 몰려들었기 때문이다.

게다가 유동인구도 상당했다.

어지간한 왕국의 왕도에 버금갈 만큼 수많은 이가 아베론 영지를 드나들었다.

아베론 영지의 경작지는 그때 자리를 잡고 만들어진 것이었다.

넓은 농경지만큼이나 당시에는 막대한 양의 곡물이 생산되었다.

아베론 영지에서 생산되는 잉여 곡물들로 인해 대륙 북부
의 시장 경제가 좌지우지될 정도였다.

그러나 아베론 영지에서 농사를 지었다는 말은 옛말이 된
지 오래였다.

최근 100년간 아베론 영지에서는 밀 한 알 나지 않았다. 북
쪽에서 밀고 내려오는 마기로 인해 대지가 오염됐기 때문이
다.

"흠……."

농경지를 살피던 골드마크가 이맛살을 찌푸렸다. 대충 훑
어보긴 했지만 이대로는 농경지를 되살리기가 쉽지 않아 보
였다.

문제는 역시나 마기였다.

마족들에게는 공기와 같은 친숙한 것이지만 인간들에게는
달랐다. 필요 이상의 마기는 중간계를 황폐하게 만들 뿐이었
다.

지금껏 아베론 영지의 농경지를 살리기 위해 수많은 전문
가가 초빙되었지만 그 누구도 그럴듯한 해결책을 내놓지 못
했다.

다들 농사는 어렵겠다며 다른 산업을 육성하는 편이 낫다
는 뻔한 말들만 주절거렸다.

인간들의 입장에서 봤을 때 마기를 없앨 수 있는 방법은 크

게 두 가지뿐이었다.

하나는 마기가 자체적으로 정화될 때까지 기다리는 것.

다른 하나는 마기와 상극인 신성력을 쏟아부어 중화를 시키는 것.

아베론 영지는 이미 두 가지 방법을 모두 사용해 봤다.

초창기에는 신관들을 통해 신성력으로 밀려드는 마기에 대항했으나 지금은 마법진으로 마기의 흐름을 차단한 뒤에 마기가 정화되기를 기다리는 실정이었다.

만일 골드마크가 인간이었다면 전문가들과 비슷한 의견을 냈을 것이다. 하지만 골드마크는 인간이 아니었다.

"풀이 자라는 걸 보니 지력은 괜찮은 것 같고……. 일단은 땅 속에 스머든 마기부터 없애야겠군."

골드마크는 머릿속으로 마기를 양분 삼아 성장하는 식물들을 떠올려봤다.

그중에서도 중간계에 심어도 큰 무리가 없을 법한 것들만 골랐다.

마계에서도 손꼽히는 상단을 운영하는 골드마크는 가르시아 못지않은 방대한 지식을 가지고 있었다.

물론 그 지식이라는 게 오로지 재화를 버는 것에 편중되어 있다는 게 문제이긴 했지만 그렇다고 해서 무시할 만한 수준은 결코 아니었다.

골드마크는 어렵지 않게 3백여 종의 식물을 떠올렸다. 그것들 중 무엇을 가져다 심어도 중간계에서는 큰 문제가 없을 것 같았다.

골드마크는 다시 머리를 굴려 돈이 되는 식물들로 걸러 보았다.

대부분의 식물은 마기를 흡수하는 것 이외의 효과를 기대하기 어려웠다. 그러나 세 가지 정도는 활용 여부에 따라 돈이 될 수 있을 것 같았다.

"잘 만하면 아베론 영지에 돈이 몰려들겠군그래."

골드마크가 피식 웃음을 흘렸다.

자신의 계획대로만 이루어진다면 아베론 영지의 경작지를 되살리는 건 아무 문제가 없을 것 같았다.

"일단 엘리자베스님께 보고하자."

골드마크가 서둘러 아베론 성으로 걸음을 옮겼다.

6

같은 시각.

뒤늦게 몸을 움직인 라인하르트는 아베론 성 지하에 마련된 마법진 앞에 와 있었다.

"흠……. 이게 바로 마기를 막아준다는 마법진이로군."

겹겹이 펼쳐진 마법진을 살피며 라인하르트가 눈을 반짝였다.

어찌 본다면 아베론 성의 마법진은 인간들이 이룩한 마법 능력의 결정체나 마찬가지였다. 그렇다 보니 더욱 흥미가 생겼다.

아베론 성의 마법진은 확실히 복잡했다. 여러 가지 마법이 중첩되면서 다양한 효과를 내도록 만들어졌다.

일반적으로 알려진 아베론 성의 마법진의 기능은 마기를 밀어내는 것과 아베론 성 일대를 마기로부터 지켜내는 것이다. 그러나 그 이외에도 3가지의 마법적 기능이 숨겨져 있었다.

그중 첫 번째는 마법진을 보호하는 기능이었다. 중요한 의미를 지닌 고위 마법진의 경우 대개 자체적인 보호 기능을 갖추는 편이다.

그러나 아베론 성의 마법진처럼 반영구적으로 사용해야 할 마법진은 경우가 달랐다.

마법진이란 외부 요인에 의해 얼마든지 변할 수 있는 것. 따라서 정기적인 점검과 보수가 필수였다.

라인하르트는 자신 같은 불청객들의 침입을 막기 위해 마법사들이 보호 마법진을 따로 설치해 놓은 것이라 여겼다.

하지만 자세히 살펴본 결과 다른 의도가 숨어 있음을 알아챌 수 있었다.

보호 마법진의 중앙에는 의미를 알 수 없는 마정석이 박혀 있었다.

보호 마법진의 일반적인 수식과 구조만 놓고 본다면 불필요한 것이었다.

라인하르트도 처음에는 문제의 마정석에 큰 관심을 가지지 않았다.

그러나 장난스럽게 손을 뻗은 자신을 향해 마나를 뿜어대는 마정석을 보면서 어쩌면 마법진에 들어올 수 있는 자격을 갖춘 이들을 판별하는 기능을 하는 것은 아닐까란 생각이 들었다.

"역시 인간들은 재미있는 생각들을 하는군."

라인하르트가 피식 웃음을 흘렸다.

사소한 문제를 마법적으로까지 발전시키다니. 이러니 인간들을 좋아하지 않을 수가 없었다.

"어디 보자……."

라인하르트는 품속에서 최상급 마나석을 하나 꺼냈다. 그리고는 손톱으로 마나석 표면에 깨알 같은 글씨로 마법 수식을 새겨 넣었다.

원하는 마정석을 그대로 복제할 수 있는 최고위 마법이었다.

라인하르트는 마나석에 마나를 불어넣어 활성화를 시켰다. 그리고는 보호 마법진의 한가운데에 있는 마정석 쪽으로 접근을 시켰다.

파각! 파가각!

정체 모를 마나석이 접근해 오자 보호 마법진이 발동했다. 보호 마법진은 마나석을 위험 요소가 낮은 침입 대상으로 인식, 뇌전 마법을 일으켜 내쫓으려 했다.

그러나 최상급의 마나석에는 복제 마법만 걸려 있는 게 아니었다.

6레벨 이상의 마법은 전부 흡수할 수 있는 보호 마법까지 함께 새겨져 있었다.

날아드는 뇌기를 전부 흡수하며 마나석은 마정석 쪽으로 천천히 다가갔다. 그러다 강력한 마나의 벽에 부딪치고서야 그 움직임을 멈췄다.

"저 정도 거리면 충분히 복제가 가능할 것 같은데?"

라인하르트가 여유롭게 웃으며 마정석이 복제되기를 기다렸다.

그로부터 잠시 뒤.

푸른빛을 띠던 마나석이 붉게 물들었다.

마정석을 그대로 복제했다는 의미다.

라인하르트가 가볍게 손가락일 튕겼다. 그러자 붉게 물든 마나석이 단숨에 라인하르트의 손바닥 안으로 빨려 들어왔다.

라인하르트는 마나석을 살펴 어떤 마나 파동을 일으키는지를 확인했다. 그리고는 품속에서 또 다른 마나석을 꺼내어 그 마나 파동에 맞는 마정석을 만들었다.

"이제 한번 들어가 보실까?"

라인하르트가 기대에 찬 얼굴로 마법진 안으로 걸어 들어갔다.

라인하르트를 인식한 보호 마법진이 굉음을 내며 울어댔다. 침입자라고 생각되면 당장에라도 강력한 보호 마법을 발동시킬 기세였다.

파아아앗!

침입자의 정체를 확인하듯 보호 마법진의 정중앙에 박힌 마정석에서 마나가 뿜어져 나왔다.

그러자 라인하르트는 기다렸다는 듯이 손에 든 마나석을 내밀었다.

그 순간,

고오오오오오옹.

사납게 우짖던 보호 마법진이 언제 그랬냐는 것처럼 잠잠하게 변했다.

"나중에 시간이 나면 제대로 연구를 해봐야겠어."

라인하르트가 피식 웃으며 마법진 안으로 들어갔다.

손에 쥔 마정석 때문일까. 아베론 성의 마법진은 라인하르트를 허락받은 존재로 인식해 버렸다.

"이 안에는 또 뭐가 있을까?"

라인하르트는 보호 마법진을 지나 안쪽으로 들어갔다.

가장 먼저 눈에 들어온 것은 아베론 성 일대를 보호하는 마법진이었다.

아베론 영지의 실질적인 권역을 두르는 마나의 벽을 세워 외부의 마기를 차단하는 역할을 하고 있었다.

그리고 그 마법진과 맞물려 또 하나의 마법진이 펼쳐져 있었다.

바로 아베론 영지 쪽으로 밀려 내려오는 마기를 다시 북쪽으로 밀어내는 마법진이었다.

마법진이 맞물려 있다는 것은 같은 마나력을 사용한다는 의미였다.

아베론 영지를 보호하면서 마기를 밀어내는 것 자체가 단순히 보면 하나의 과정일 수 있으니 일부러 마법진을 연결해 놓은 것이었다.

"이게 그 문제의 마법진이로군."

라인하르트는 조금 더 자세히 마법진을 살폈다.

레이샤드가 마법진을 통해 아베론 영지를 변화시키려 한

다는 이야기는 엘리자베스를 통해 들어 알고 있었다.

엘리자베스는 아베론 영지에 희망을 주는 일이 나아가 크로노스 왕국 재건에 기틀을 마련하는 일이 될 것이라고 강조했다.

그러면서 라인하르트에게 아베론 영지의 임시 전속 마법사가 되어 영지의 일을 도우라 명했다.

라인하르트가 귀찮음을 무릅쓰고 아베론 성의 지하까지 내려온 것도 그 때문이었다.

빛의 마탑 북부 지부의 말처럼 아베론 성의 마법진의 변경이 정말로 어렵다면 아예 전부 뜯어 고칠 생각이었다. 그런데…….

"흠……. 이 정도면 충분히 변경이 가능할 것 같은데."

아무리 살펴봐도 몇 가지 마법진만 건드린다면 마나력의 배분률을 바꾸는 데 아무런 문제가 없을 것 같았다.

솔직히 말해 이 정도 마법 조정은 어지간한 마법사들이라면 눈을 감고도 할 수 있는 것이었다.

"고작 이걸 못하겠다니? 실력이 없는 거야, 아니면 다른 꿍꿍이가 있는 거야?"

라인하르트는 마족답게 빛의 마탑이 다른 속내를 가지고 있을 것이라고 확신했다. 그래서 두 마법진을 놔두고 조금 더 안쪽으로 걸어 들어갔다.

아니나 다를까.

은밀하게 숨겨져 있던 두 개의 마법진이 모습을 드러냈다.

먼저 눈에 띈 것은 놀랍게도 자폭 마법진이었다.

아베론 영지로 밀려드는 마기가 한계치를 넘어섰을 경우 그 마기들과 함께 폭발하도록 설계되어 있었다.

"원래 인간들은 그놈의 만약이라는 걸 좋아하지."

만일 이 사실을 레이샤르나 아베론 영지의 관리들이 알았다면 그 자리에서 펄쩍 뛰었을 것이다.

그러나 라인하르트는 대수롭지 않은 듯 넘겨 버렸다.

만일 자신이 같은 처지에 놓였다 하더라도 아마 비슷한 안전장치 정도는 해두었을 것 같았다.

그보다 라인하르트는 자폭 마법진 뒤쪽에 은밀하게 숨겨진 마법진에 더 관심이 갔다.

"허……! 이놈들 봐라?"

마법진의 정체를 확인한 라인하르트는 순간 웃음이 났다.

크로노스 왕국을 대륙의 적으로 규정하며 멸망으로 이끌었던 대륙이 은밀히 마기를 모을 줄은 생각지도 못했다는 표정이었다.

마지막 마법진은 마기 흡수 마법진이었다.

말 그대로 아베론 영지를 휘감고 있는 마기를 은밀히 흡수하여 저장하는 마법진이었다.

마법진의 한가운데는 어른의 팔뚝만 한 마정석이 백 개나 박혀 있었다. 그리고 그중에 20여 개가 검은 마기로 가득 찬 상태였다.

"마기를 가져다 어디다 쓰려는 거지? 설마 제국에서 마신이라도 소환해 볼 생각인가?"

라인하르트는 비릿한 웃음을 감추지 못했다.

겉으로는 선한 척 굴면서도 내면은 마족 못지않은 인간들의 본성이 절절히 느껴지는 것 같았다.

은밀히 마기를 모으는 것이야 라인하르트가 상관할 일은 아니었다.

하지만 마기 흡수 마법진과 연결되어 있는 마법진이 눈에 거슬렸다.

문제의 마법진은 아베론 성에 마법진이 펼쳐질 때부터 만들어진 게 아니었다. 나중에 누군가가 은밀하게 새겨 넣은 것이었다.

그래서 마기 흡수 마법진은 다른 마법진의 마나력을 빌어 마법진을 가동시켰다.

그런데 그 마법진이 하필이면 아베론 영지를 보호하면서 마기를 북쪽으로 밀어내는 중앙 마법진이었다.

중앙 마법진을 잘못 건드리면 마기 흡수 마법진 자체가 틀어질 수 있었다.

자칫 잘못했다간 흡수 능력이 과해지거나 아예 흡수 자체가 불가능해질 수 있었다.

빛의 마탑 북부 지부에서 난색을 보이는 것도 마기 흡수 마법진 때문인 게 틀림없었다.

"하긴. 이 정도 정교한 마법진이라면 인간들 중에서도 손꼽히는 마법사가 설치했겠지."

라인하르트는 빛의 마탑 북부 지부의 사정을 이해한다는 듯 고개를 끄덕였다.

기존에 설치되어 있는 마법진의 마나력을 이용해 새로운 마법진을 설치한다는 건 말처럼 간단한 문제가 아니었다.

분명 대륙에서도 손꼽히는 마법사가 은밀히 설치했을 터. 그렇다면 그 과정에서 자신만의 마법 수식이 녹아들었을 게 틀림없었다.

수준 높은 마법사들은 자신만의 마법 수식을 사용한다. 반면 평범한 마법사들은 범용적인 마법 수식을 사용하는 데 그친다.

빛의 마탑 북부 지부에 소속된 마법사들의 실력이 어느 정도인지는 모르겠지만 마기 흡수 마법진에 손을 댈 만한 실력자는 없을 것 같았다.

그렇다고 마법진을 설치한 당사자에게 모든 것을 알아버렸으니 마법진의 변경에 힘을 보태달라고 협박할 수도 없는 노릇이었다.

"어쩔 수 없군. 내가 나서는 수밖에."

라인하르트가 귀찮다는 듯이 중얼거렸다.

하지만 정작 그의 표정은 오랜만에 재미난 일이라도 생긴 것처럼 무척이나 즐거워 보였다.

7

세 마족이 빠져 나간 응접실에는 둘만이 남았다.

절망의 검 아스타로트. 그리고 엘리자베스의 전속 집사인 아르메스.

세 마족이 응접실을 나선 지 한참이 지났음에도 아스타로트는 팔짱을 낀 채로 의자에 앉아 있었다.

그의 표정을 보니 응접실을 나갈 생각이 없는 것 같았다.

엘리자베스가 아스타로트에게 맡긴 일은 일단 레이샤드의 검술 스승이었다.

경우에 따라서 아베론 영지의 기사가 될 만한 이들의 육성까지 도맡을 수 있겠지만 지금 할 일은 아니었다.

애석하게도 아베론 영지에는 기사는커녕 기사 지망생조차 없는 상황이었다.

"흐음……."

아스타로트가 간헐적으로 내뱉는 한숨 소리가 응접실의 분위기를 더욱 무겁게 만들었다.

자연스럽게 아스타로트와 단둘이 있게 된 아르메스의 표정이 굳어졌다.

"그럼 저도 이만 나가 보겠습니다."

참다못한 아르메스가 자리에서 일어나 응접실 밖으로 나갔다.

그는 본래 날이 어두워지면 은밀히 영지를 돌며 정보를 수집할 계획이었다.

그는 안개의 일족. 마음만 먹으면 몸을 안개로 변화시킬 수 있었다.

하지만 그렇다고 해서 밤이 될 때까지 아스타로트와 단둘이 있고 싶진 않았다.

무료해질 대로 무료해진 아스타로트가 실전 대련이라도 하자고 보챈다면 당해 낼 재간이 없었다.

"일단 하녀들부터 살펴야겠어."

아르메스는 일단 하녀들이 자주 모여드는 식당 옆 휴게실 쪽으로 걸음을 옮겼다.

아니나 다를까. 그곳에는 세 명의 하녀가 모여 수다를 떨고 있었다.

"아르메스님, 필요하신 게 있으세요?"

깔깔거리던 하녀 하나가 냉큼 다가와 허리를 굽혔다. 자신을 처음 볼 텐데도 마치 섬기는 주인을 대하듯 깍듯함을 보였다.

'제법 하녀들 교육은 잘 시켰군.'

아르메스가 슬쩍 입가를 비틀었다. 그러자 하녀의 얼굴이 갑자기 붉게 물들었다.

아르메스가 가볍게 드러낸 감정이 하녀의 방심을 띄게 만든 것이다.

'이런. 조심해야겠어.'

아르메스는 재빨리 표정을 감췄다.

오랫동안 마신들을 섬긴 탓에 그의 몸에는 온갖 마력이 잔뜩 덧씌워져 있었다.

그중에는 상대에게 호감을 주는 마법도 상당수 포함되어 있었다.

그나마 마족이었다면 마력에 저항력을 보였겠지만 상대는 인간이었다.

그렇다 보니 아르메스의 웃음만으로도 쉽게 허물어지고 말았다.

"몇 가지 물어볼 게 있어서 찾아왔는데 혹시 시간이 괜찮은 사람 있나요?"

아르메스가 애써 무뚝뚝한 목소리로 말했다. 하지만 하녀들에게는 이 세상 그 어떤 목소리보다도 감미롭게 들렸다.

"저, 저요!"

"제가 말씀드릴게요!"

"야! 넌 지금 빨래를 해야 하잖아!"

"그건 오후에 해도 되거든? 그러는 너는 손님들이 머무를 방조차 청소하지 않았잖아?"

"그건 아까 다했는데 무슨 소리야?"

하녀들이 앞다투어 아르메스의 말상대가 되겠다고 자처했다.

아르메스가 선택을 주저하자 부끄러움도 무릅쓰고 티격태격 싸우기까지 했다.

"이게 대체 무슨 짓들이야?"

소란을 듣고 하녀장이 달려와 하녀들을 꾸짖었다. 그제야 하녀들은 정신을 차렸다. 그리고는 못내 아쉬운 얼굴로 휴게실을 빠져 나갔다.

"아르메스님, 이런 곳까지 오시면 곤란합니다."

하녀장이 하녀들을 대신해 아르메스에게 주의를 주었다.

하녀들이 머무르는 공간에 함부로 들어오는 건 예의가 아니었다.

한동안 성에 머무를 손님이라면 더욱더 조심했어야 했다.

하지만 그것도 잠시.

"미안합니다. 그저 몇 가지 물어볼 말이 있어서……."

아르메스가 멋쩍은 얼굴로 말을 얼버무리자 하녀장의 표정이 달라졌다.

"물어보실 말씀이라는 게 뭐죠?"

"……?"

"괜찮으시다면 제가 말씀드리고 싶어요."

하녀장이 발갛게 상기된 얼굴로 말했다. 그제야 아르메스는 상대도 여자라는 사실을 깨달았다.

'이놈의 인기. 지긋지긋하군.'

하녀장에게서 냉큼 한 걸음 물러나며 아르메스가 속으로 중얼거렸다.

아무래도 평범한 인간으로 사는 건 말처럼 쉬울 것 같지 않았다.

제10장

영지의 성장 Part 1

1

엘리자베스 일행을 접대하는 사이 집무실에 서류들이 가
득 쌓였다.

그러나 레이샤드는 크게 신경 쓰지 않았다. 그에게는 하루
라는 시간을 벌 수 있는 비책이 있었다.

"엘리자베스, 시험의 궁에 들어가야 할 것 같아요."

레이샤드가 탁자 위에 서류 더미를 올려놓으며 말했다.

오늘 중으로 여섯 뭉치나 되는 서류들을 처리하기 위해선
시험의 궁의 도움을 받는 수밖에 없었다.

"잠깐만 기다려요."

엘리자베스는 뒤쪽에 시립해 있던 아르메스에게 아스타로트를 불러오라 명했다. 잠시 후,

"부르셨습니까."

어두운 인상을 풍기며 아스타로트가 집무실 안으로 들어왔다.

레이샤드와 아스타로트의 시선이 허공에서 맞물렸다. 서로를 향한 첫인상이 마음에 들지 않아서일까. 둘의 표정은 썩 밝아 보이지 않았다.

그러나 엘리자베스는 둘의 불편한 관계를 크게 신경 쓰지 않았다.

어차피 시간이 지나면 자연스럽게 해결이 될 문제였다. 결국에는 서로의 진가를 알아보고 존중하는 사이가 될 것이라 믿었다.

"레이, 이제 문을 열어요."

엘리자베스가 자리에서 일어나며 말했다.

"잠시만요."

레이샤드는 주머니에서 열쇠를 꺼내어 서재 문의 열쇠구멍에 밀어 넣었다. 그리고 있는 힘껏 돌렸다.

그 순간,

스아아아아!

시커먼 어둠이 몰려오더니 순식간에 셋을 집어삼켜 버렸다.

며칠 만에 들어온 시험의 궁은 예전과 큰 차이가 없었다.

높은 천정과 짙게 나부끼는 어둠은 그대로였다. 덕분에 레이샤드는 약간의 낯설음조차 느끼지 않았다.

"시험의 궁에서 하루를 보내야 하는데 계획은 세워 놨어요?"

엘리자베스가 레이샤드를 바라보며 물었다. 그 말을 함께 놀자는 소리로 받아들인 것일까.

레이샤드가 멋쩍게 웃음을 흘렸다.

"일단 서류부터 살펴봐야 할 것 같아요. 미안해요."

레이샤드는 엘리자베스에게 양해를 구하고 탁자 쪽으로 향했다.

탁자 위에는 여섯 뭉치의 서류가 가지런히 놓여 있었다.

"펜과 종이, 그리고 의자를 줘."

레이샤드가 천정을 바라보며 소리쳤다. 그러자 어둠이 일렁이더니 레이샤드가 주문한 물건들을 만들어 줬다.

레이샤드는 가장 위쪽에 놓여 있는 서류를 집어 들었다. 아직도 해결의 기미가 보이지 않는 영지의 마법진과 관련된 서류였다.

레이샤드는 시험의 궁의 도움을 받아 제법 자세한 답변을 빛의 마탑 북부 지부 쪽에 보냈다.

아울러 영주로서 아베론 영지를 위해 힘을 보태달라는 첨

언도 덧붙였다.

하지만 그것만으로는 빛의 마탑 북부 지부의 마음을 움직이는 데 한계가 있었던 모양이다.

"하아……."

서류에 첨부된 빛의 마탑 북부 지부의 답장을 살피던 레이샤드가 무겁게 한숨을 내쉬었다.

이번에도 어려운 마법 용어들이 잔뜩 나열되어 있었다. 그리고 마지막에는 아베론 영지의 요청을 들어주기 어렵다는 결론이 짤막하게 새겨져 있었다.

이래서는 시험의 궁과 함께 머리를 싸매가며 답장을 보낸 의미가 없었다.

"무슨 일인데 그래요?"

레이샤드의 표정이 어두워지자 엘리자베스가 조심스럽게 서류를 살폈다. 그러더니 걱정할 것 없다는 듯 가볍게 웃어 보였다.

"레이, 굳이 마탑에 도움을 청할 필요 없어요."

"그게 무슨 말이에요?"

"아마 지금쯤 라인하르트가 마법진을 변경했을 거예요."

"그, 그게 정말이에요?"

"라인하르트의 실력이라면 그 정도쯤은 간단한 일이에요. 그러니까 더 이상 이 문제로 고민하지 마요."

엘리자베스의 말에 레이샤드의 표정이 밝아졌다.

빛의 마탑 북부 지부의 서신을 읽는 동안 마음 한편으로는 마법진의 변경 문제를 엘리자베스나 라인하르트가 도와주길 바랐는데 벌써 해결되었다니 흥분을 주체하기 어려웠다.

"그럼 이제 보다 넓어진 영지를 볼 수 있는 건가요?"

레이샤드는 마음이 급했다. 마음 같아서는 당장 시험의 궁을 뛰쳐나가 새롭게 아베론 영지의 권역이 된 땅을 두 눈으로 확인해 보고 싶었다.

그러나 마법진을 변경했다고 해서 곧바로 새로운 땅이 생기는 것은 아니었다.

"변경된 마법진이 안정화될 때까지는 시간이 필요해요. 지금도 조금씩 마법진의 범위가 넓어지고 있긴 하지만 당장 눈으로 확인하려면 최소한 열흘은 걸릴 거예요."

엘리자베스가 서두를 것 없다며 레이샤드를 다독였다.

다소 시간이 걸리긴 하겠지만 라인하르트가 손을 댄 만큼 마법진의 효과는 기대 이상일 것이다.

열흘 후면 확연하게 넓어진 아베론 영지를 볼 수 있게 될 것이다.

"빨리 열흘이 지났으면 좋겠어요."

레이샤드가 어린아이처럼 칭얼거렸다.

그 모습이 귀엽게 느껴졌던지 엘리자베스의 입가를 타고

흐뭇한 미소가 번졌다.

애써 흥분을 가라앉히며 레이샤드는 또 다른 서류를 살폈다. 두 번째 서류는 아베론 아카데미에 관한 것이었다.

아카데미를 세울 건물이 지어지고 있지만 인력과 예산 문제가 아직까지 해결되지 않은 상황이었다.

가장 중요한 문제는 역시나 인력이었다.

주변 영지들과 상단을 통해 아베론 영지를 위해 일해 줄 수 있는 학자들을 구하고 있긴 하지만 이렇다 할 소득이 없었다.

게다가 아카데미를 운영할 자금도 턱없이 부족했다.

당초 예정되었던 예산은 막대한 건설비로 인해 대부분 소진이 된 상태였다.

이대로는 설사 학자들을 구해 온다 하더라도 아카데미를 운영할 수가 없었다.

"아카데미를 운영하려고요? 그렇다면 가르시아가 도움이 될 거예요."

엘리자베스가 슬쩍 서류를 살피며 말했다.

그녀가 비전투마족인 가르시아를 중간계로 데려온 가장 큰 이유는 다름 아닌 나라를 경영할 수 있을 만한 행정 인력을 양성하기 위해서였다.

"그래요?"

레이샤드가 다시 들뜬 표정을 지었다.

그렇지 않아도 아카데미를 맡길 만한 학자가 없어서 고민이 많았는데 가르시아가 나서서 중심을 잡아준다면 추가적인 인재를 구하는 것도 한결 쉬워질 것 같았다.

하지만 가르시아가 도와준다고 해서 아카데미 문제가 전부 해결되는 건 아니었다.

운 좋게 학자를 구하긴 했지만 아직 운영비 문제가 남아 있었다.

"후우……."

레이샤드는 재정적인 문제만 생기면 그저 한숨부터 나왔다.

수입이 뻔한 아베론 영지에서 갑작스런 지출은 늘 부담스러울 수밖에 없었다.

물론 현재 아베론 영지의 재정상태가 심각할 정도로 부실한 편은 아니었다.

하르베스 폐황태자가 영주가 된 이후로 재정 안정화에 힘을 쓴 덕분에 앞으로 20년간은 영지를 운영하는 데 큰 무리는 없을 정도였다.

하지만 그것도 불필요한 운영 경비를 최대한 줄였을 때의 이야기다.

아카데미가 설립되면 그에 따른 운영비가 추가적으로 지출될 터.

그렇게 된다면 지금의 재정상태만으로는 채 10년도 버티지 못할 것이다.

그나마 다행인 것은 레이샤드의 바람대로 마법진이 변경되었다는 것이다.

아베론 영지의 실질적인 지배 영역이 늘어나고 광산 전문가의 말처럼 질 좋은 흑철광을 발견한다면 영지에도 새로운 수입원이 생기게 될 것이다.

그렇게만 된다면 아카데미 운영에 따른 부담도 줄일 수 있었다.

"어쩔 수 없어."

한참 동안 고심하던 레이샤드는 다소 버겁더라도 영지의 발전 가능성을 믿고 과감히 투자하자는 쪽으로 결론을 내렸다.

만에 하나 흑철광이 발견되지 않으면 큰일이겠지만 그렇다고 아카데미 건립을 차일피일 미루고 싶지는 않았다.

그러나 꼭 흑철광을 개발해야만 아베론 영지의 숨통이 트이는 것은 아니었다.

"레이, 그런데 말이에요. 지난번에 골드마크가 건넸던 금덩어리는 어떻게 했어요?"

"금덩어리요? 일단 금고 안에 넣어놨는데요?"

"그러지 말고 그 금덩어리를 사용해요. 당장 영지에 도움이 되기 위해 내놓은 것이지 나중을 위해 아끼라고 준 게 아니니까요."

엘리자베스가 타이르듯 말했다.

아베론 영지처럼 궁핍한 영지에서 영주 노릇을 해야 하는 레이샤드의 처지를 모르는 것은 아니지만 그렇다고 무작정 아끼기만 해서는 영지를 발전시킬 수가 없었다.

"그래도 될까요?"

레이샤드가 허락을 구하듯 엘리자베스를 바라봤다.

엘리자베스로부터 금덩어리를 받긴 했지만 그것을 정말로 사용해도 된다고 생각하지는 못했던 모양이다.

"물론이죠. 그 금덩어리는 레이의 것이니까요."

엘리자베스가 가볍게 웃어 보였다.

자신에게는 대단할 게 없는 금덩어리가 아베론 영지의 발전을 이끌어준다면 그녀로서도 충분히 기분 좋은 일이었다.

"그럼 이제 걱정 없이 아카데미를 지을 수 있어요."

레이샤드도 단번에 아카데미의 예산 문제가 해결이 되어 기뻤다.

금의 가치를 정확하게 알지는 못하지만 주먹만 한 크기라면 적잖은 돈을 받아낼 수 있을 것이다.

기대만큼 좋은 값에 금덩어리를 넘긴다면 장기적인 아카데미 운영 자금으로 활용이 가능할 것 같았다.

하지만 문제의 금덩어리를 판다는 건 생각만큼 간단한 일이 아니었다.

"참, 레이. 그 금덩어리를 처분할 만한 곳은 있어요?"

엘리자베스가 레이샤드를 바라보며 물었다. 그러자 레이샤드가 가볍게 고개를 끄덕였다.

"포인트 상단이 광물이나 보석을 취급하는 것으로 알고 있어요. 그곳이라면 아마 값을 잘 쳐줄 것 같아요."

포인트 상단은 포인트 백작가가 운영하는 상단이었다.

한 달에 한 번씩 아베론 영지에 들러 영지에 필요한 곡물들을 대량으로 공급해 주는 고마운 상단이기도 했다.

로델 백작 정도까진 아니지만 레이샤드도 포인트 백작과는 어느 정도 친분을 유지하고 있었다.

지난번 열다섯 번째 생일 연회 때도 포인트 백작이 참석을 해준 만큼 포인트 상단도 별문제 없이 금덩어리를 매입해 줄 것이라 기대했다.

그러나 엘리자베스의 생각은 달랐다.

"영지로 오는 포인트 상단에 전문 감정사가 있나요?"

"아마 있을 거예요. 예전에 어머니께서 보석을 하나 처분하신 적이 있거든요."

레이샤드가 흔쾌히 고개를 끄덕였다. 하지만 엘리자베스는 그 대답이 미덥지가 못했다.

"아마라니요. 레이, 확실하게 알려줘야 해요."

"그게……."

"그럼 영지에 오는 포인트 상단의 규모는 어느 정도나 되는데요?"

"그때마다 다르긴 하지만 마차 열 대 규모요?"

"그렇다면 잘해야 C등급의 감정사가 따라오겠네요."

엘리자베스가 살짝 미간을 찌푸렸다.

보석 감정사는 경력과 감별 능력에 따라 총 다섯 등급으로 나뉜다.

경력이 짧고 경험이 미숙한 감별사는 E등급으로 분류된다.

어느 정도 경력이 쌓였지만 안목이 부족한 감별사는 D등급으로 평가되며 어지간한 재물의 진가를 알아볼 정도는 되어야 C등급으로 인정받을 수 있었다.

일반적으로 금의 경우 C등급 감정사에게 감정을 맡겨도 별다른 문제가 없었다.

금은 순도와 중량을 주로 보기 때문에 감정을 하는 게 그리 어려운 편이 아니었다.

만일 골드마크가 내놓은 금덩어리가 평범한 것이었다면 엘리자베스도 군말없이 레이샤드에게 모든 것을 맡겼을 것이다.

하지만 문제의 금덩어리는 중간계의 금이 아니었다. 바로 마계에서 유통되는 진금(眞金)이었다.

겉으로 보기에 진금과 금은 큰 차이가 없었다.

하지만 순도나 강도를 살펴보면 진금이 얼마나 귀한 것인지 어렵지 않게 확인할 수 있었다.

일반적으로 금은 철에 비해 무른 금속으로 알려져 있다. 그래서 무구로 제작되는 경우는 극히 드물었다.

물론 가끔 재력을 자랑하고 싶어 하는 이들이 순금으로 된 무구를 만들기도 했다.

하지만 그것을 가지고 철로 만든 검과 맞선다는 어리석은 생각은 하지 않았다. 어디까지나 호사스러운 장신구의 일부로만 여겼다.

그만큼 금은 장신구에 적합한 금속이었다. 그것이 대륙의 일반적인 통례였다.

그러나 진금이라면 이야기가 달랐다.

마계에서 나는 금은 마계의 금속이라 불리는 아만티움의 전 단계 금속으로 잘 알려져 있었다.

그래서 강도가 일반 금과는 비교도 할 수 없을 만큼 뛰어났다. 무구로 만들어도 흑철에 버금가는 단단함을 보였다.

대륙에 존재하는 일반 금속류 중 가장 단단한 금속은 흑철이다. 그러나 흑철은 쓰임새에 비해 크게 사랑받지 못하는 편이었다.

가장 큰 이유는 바로 거무튀튀한 광택. 으레 화려한 것을 좋아하는 귀족들의 특성상 검은빛을 내는 흑철은 단단한 것을 제외하고는 큰 매력이 없었다.

그에 비해 진금은 화려했다. 흑철에 버금가는 강도에 고귀한 금빛 광택까지 내뿜는다면 귀족들이 서로 달려들 게 뻔했다.

그래서 엘리자베스는 진금의 가치를 알 만한 감정사에게 금덩어리를 팔고 싶었다.

아마 그렇게만 된다면 같은 크기의 금덩어리보다 족히 수십 배는 더 받을 수 있게 될 것이다.

'어쩌지?

잠시 고심하던 엘리자베스가 레이샤드를 바라봤다.

가장 쉬운 방법은 레이샤드에게 금덩어리가 진금이라는 걸 알려주는 것이다.

하지만 그랬다간 그 금의 출처까지 함께 설명해야 할 것이다.

그 과정에서 레이샤드가 자신의 정체를 오해하게 될 수도 있었다.

엘리자베스는 당분간 자신이 마족이라는 사실을 숨길 생각이었다.

적어도 레이샤드가 자신을 온전히 신뢰하고 의지할 때까

지는 진실을 밝히지 않을 생각이었다.

그래서 생각한 게 대리인을 내세우는 것이었다.

"레이, 괜찮다면 골드마크에게 금덩어리를 맡기는 게 어떨까요?"

"골드마크에게요?"

"골드마크는 뛰어난 상인이에요. 아마 믿고 맡겨주면 분명 제값을 받아낼 거예요."

엘리자베스의 강력한 추천에 레이샤드도 이내 고개를 끄덕였다.

지금으로서는 골드마크 이외에 다른 대안이 없어 보였다. 브루스가 상업을 담당하고 있긴 하지만 상단과 흥정을 하는 데는 약한 편이었다.

만일 재정적으로 여유가 있었다면 레이샤드는 골드마크보다는 브루스를 선택했을 것이다.

매번 구리광만 거래해 온 브루스에게도 금덩어리를 가지고 흥정하는 건 좋은 경험이 될 것 같았다.

하지만 한 푼이라도 더 받아내야 하는 지금으로서는 어쩔 수가 없었다.

"그렇게 해요."

생각을 정리하며 레이샤드는 세 번째 서류 뭉치를 앞으로 가져왔다.

세 번째 서류에는 〈잉여 농경지의 활용 대안〉이라는 제목이 붙어 있었다.

"아…….. 이거구나."

제목을 확인한 레이샤드가 이맛살부터 찌푸렸다. 제아무리 영주라 하더라도 영지 내의 모든 행정이 전부 마음에 들수는 없는 일이었다.

때로는 마음에 들지 않더라도 다수의 의견을 따라 행해야하는 일들도 적지 않았다.

하지만 이 서류만큼은 가급적 물리고 싶은 심정이었다. 어지간해서는 관리들의 경험과 지혜를 좇고 싶지만 이 일만큼은 지나치게 근시안적인 경향이 있었다.

"무슨 서류인데 그래요?"

레이샤드의 속내를 읽은 듯 엘리자베스가 관심을 보였다.

"한 번 읽어 볼래요?"

레이샤드가 설명 대신 서류를 엘리자베스의 앞으로 내밀었다.

"고마워요."

엘리자베스도 사양하지 않고 빠르게 서류를 읽어 내렸다.

아베론 영지의 농경지가 마기에 의해 황폐해졌다는 사실은 이미 모르는 이가 없는 이야기였다.

농경지를 살펴본 골드마크의 말에 따르면 한동안은 농사

를 짓는 것 자체가 불가능할 것 같다고 했다.

아베론 영지 입장에서는 농사를 짓지도 못하는 넓은 농경지가 골칫거리나 마찬가지였다.

해마다 농경지의 관리로 적잖은 재화가 지출되고 있음에도 활용할 방법이 없으니 난감할 수밖에 없었다.

이 문제를 해결하고자 관리들은 다방면에 걸쳐 도움을 구했다. 그러던 중에 빛의 마탑으로부터 획기적인 제안을 받았다.

"영지에 마법 식물을 재배해 주셨으면 좋겠습니다."

빛의 마탑이 재배를 원하는 식물은 어둠을 밀어내는 성질이 있는 라이나였다.

라이나는 빛의 마탑이 만드는 정화의 포션의 주성분으로 유명했다.

뿐만 아니라 빛의 마탑의 주 마법 재료로서 널리 쓰이고 있는 식물이었다.

라이나는 본래 깨끗하고 기름진 토양보다는 음습한 곳에서 더욱 잘 자라는 특성을 가지고 있었다.

생장 조건이 열악하고 힘들어야만 그것을 이겨내는 과정에서 보다 뛰어난 마법적 효과가 나오는 편이었다.

빛의 마탑에서는 일부러 부적합한 대지를 찾아 라이나를 재배했다.

하지만 그것만으로는 한계가 있었다.

대륙 북부를 잠식하고 있는 마기에 겁을 먹은 대륙민들 때문에 정화의 포션 생산량이 급격히 늘어난 덕이었다.

마땅한 재배지를 놓고 고민하던 빛의 마탑은 이내 아베론 영지로 눈을 돌렸다.

대륙에서 식물 생장에 가장 부적합한 대지를 말하라면 마기에 오염된 아베론 영지를 꼽을 수밖에 없었다.

빛의 마탑에서는 아베론 영지가 놀리고 있는 농경지에 라이나를 재배해 달라고 요청했다.

초반에는 다소 시행착오를 겪겠지만 재배가 현실화되면 그에 따른 보상을 톡톡히 하겠다고 말했다.

빛의 마탑은 아베론 영지의 마기를 이겨내는 라이나가 나올 경우 기존의 라이나보다 훨씬 뛰어난 효능을 지닐 것이라고 확신하고 있었다.

그래서 작년부터 아베론 영지에 꾸준히 제안을 하고 있는 상황이었다.

아베론 영지에 특별한 식물을 재배해 달라 부탁하는 건 빛의 마탑뿐만이 아니었다.

아베론 영지와 가까운 신전에서도 성수의 효능을 높여주는 마리아를 재배해 달라 요청해 왔다.

마리아는 라이나와는 달리 어떤 환경에서도 잘 자라는 식물이었다.

단지 지력을 지나치게 많이 소비하기 때문에 한 곳에서 오래 재배를 하기가 어려웠다.

신전에서는 오랫동안 농사를 짓지 않았던 아베론 영지의 농경지라면 적잖은 지력이 쌓여 있을 것이라고 판단했다. 그래서 마리아의 대체 재배지로 아베론 영지를 점찍은 것이다.

다행히도 라이나와 마리아는 함께 재배하더라도 별다른 문제가 없는 것으로 알려져 있었다.

아베론 영지가 승낙만 한다면 당장 버려진 농경지 전체에 라이나와 마리아 씨앗을 뿌릴 수 있었다.

아돌프를 비롯한 관리들은 이 기회를 적극적으로 활용해야 한다고 말했다.

가뜩이나 생산력이 떨어지는 영지에서 돈을 벌 수 있는 기회를 마다한다는 건 사치나 마찬가지라고 주장했다.

처음에는 레이샤드도 좋은 기회라고 생각했다.

저들이 원하는 식물을 재배해 줄 경우 빛의 마탑과 신전과의 관계도 돈독해질 터. 일석이조라고만 여겼다.

하지만 재배와 관련된 계약서를 받아본 이후로는 생각이 달라졌다.

빛의 마탑과 신전들이 아베론 영지를 어찌 생각하고 있는지 여실히 깨달았기 때문이다.

빛의 마탑에서는 라이나를 재배하는 조건으로 신성화와 중화 금지를 요구했다. 말 그대로 아베론 영지의 농경지에 신성력을 쏟아부어 마기의 농도를 떨어뜨리는 행위를 해서는 안 된다는 것이다.

마기를 통해 더욱 강해진 라이나를 얻으려는 빛의 마탑의 입장에서는 당연한 요구였다. 하지만 그렇게 된다면 아베론 영지는 평생 농업을 되살릴 수 없게 된다.

신전들은 빛의 마탑과 달리 계약서에 별다른 조건을 달지 않았다. 하지만 결과적으로 봤을 때 지력을 황폐화시키는 마리아 자체가 문제였다.

마리아를 장기적으로 재배할 경우 다른 재배지들처럼 지력이 고갈될 것이다. 자연스럽게 아베론 영지의 농경지를 살리겠다는 바람 자체도 물거품이 되고 말 것이다.

관리들과는 달리 레이샤드는 아직 아베론 영지의 농사를 포기하지 않았다. 영지가 자생하기 위해선 농사가 필수였다. 무역의 중계 지점에 위치한 상업 영지나 특산품 하나로 먹고 사는 영지가 아니고서야 농사 없이 영지를 발전시킨다는 건 불가능한 일이었다.

"그러니까 레이는 이 제안을 받아들이기 싫은 거죠?"

엘리자베스가 레이샤드를 바라봤다. 그러자 레이샤드가 당연하다는 듯 고개를 끄덕였다.

"난 언제고 우리 영지에서도 농사를 지을 수 있게 될 것이라고 믿고 있어요. 당장은 어렵겠지만 라이나와 마리아 때문에 농경지가 훼손되는 건 막고 싶어요."

어른인 아돌프와 관리들이 아베론 영지의 현실을 보고 있다면 레이샤드는 발전된 미래를 꿈꿨다.

그것이 허황된 바람이라 할지라도 영주로서 현실에 안주하기 위해 미래를 포기하고 싶지는 않았다.

"옳은 생각이에요, 레이. 당장의 이익을 위해서 농경지를 포기하는 건 어리석은 생각이에요."

엘리자베스도 레이샤드의 의견을 전적으로 두둔했다. 농사란 단순히 영지의 근간이 되는 산업만이 아니다.

국가적인 입장에서 봤을 때에도 나라를 지탱하는 최우선 산업이었다.

만일 이대로 영지에 라이나와 마리아를 재배하게 될 경우 크로노스 왕국의 재건도 그만큼 어려워지고 말 것이다.

설사 크로노스 왕국을 억지로 세웠다 하더라도 식량을 자급자족할 수 없다면 오래 버티기 어려웠다.

"그렇지 않아도 이 문제를 가지고 레이와 의논할 일이 있었어요."

"의논이요?"

"골드마크가 아베론 영지에서 키울 만한 식물들을 생각해

냈어요. 라이나나 마리아처럼 아베론 영지에 피해를 주는 식물이 아니에요. 오히려 마기를 흡수해 주는 식물이에요."

"마기를 흡수해요? 세상에 그런 식물이 있었어요?"

레이샤드가 깜짝 놀라 물었다. 지금껏 수많은 전문가가 아베론 영지를 회생시키기 위해 노력했지만 전부 포기하다시피 했다. 생각 이상으로 강한 마기 때문이었다.

그런데 마기를 흡수해 주는 식물이라니!

설사 마리아처럼 지력을 황폐하게 만드는 식물이라 할지라도 농경지를 중화시킬 수만 있다면 무조건 키워 볼 생각이었다.

"그 식물이 대체 뭐예요?"

레이샤드가 재촉하듯 물었다. 그러자 엘리자베스가 대답 대신 가볍게 손가락을 튕겼다.

그 순간,

스아아아앗!

어둠이 일더니 레이샤드의 앞으로 종이를 내려놓았다. 종이에는 서로 다른 식물들이 그려져 있었다.

첫 번째 식물은 브리츠.

마계어로 피와 살이라는 의미가 담겨진 식물이었다.

그러나 종이에는 마계와 관련된 설명들은 전부 생략되어 있었다.

그저 꽃가루가 상처 재생에 탁월한 효과를 보인다는 설명만이 덧붙여 있었다.

　두 번째 식물은 라흐만.

　마계어로 쾌락이라는 의미의 식물이었다.

　종이에는 적당량의 뿌리를 달여 마실 경우 기분을 좋게 만들어준다는 설명이 나열되어 있었다.

　마지막 세 번째 식물은 알로아.

　마계어로 마나의 꽃이라는 의미를 지니고 있었다.

　알로아는 꽃잎에 마나를 머금는 성질이 있었다.

　그 양이 미약하긴 하지만 잘 정제할 경우 포션의 주원료로 사용할 수 있었다.

　"대, 대단해요!"

　식물들을 살핀 레이샤드가 감탄을 터뜨렸다.

　만일 정말로 이 식물들을 심을 수 있다면 라이나나 마리아 이상으로 영지 재정에 큰 도움을 줄게 확실했다.

　"그런데 정말로 이 귀한 것들을 구할 수 있는 거예요?"

　레이샤드가 확인하듯 물었다. 만일 구할 수 있다면 당장에라도 농경지에 달려가 두 손으로 뿌리고 싶었다.

　"씨앗을 구하는 건 어렵지 않아요."

　엘리자베스가 가볍게 고개를 끄덕였다. 하지만 아무런 문제가 없는 건 아니었다.

"이 식물들은 중간계에 존재하지 않는다는 거예요. 괜한 소문이 날 경우에는 오해를 받게 될지도 몰라요."

엘리자베스가 재빨리 말을 덧붙였다. 그러자 레이샤드의 표정도 금세 심각해졌다.

중간계에 없는 식물을 잘못 키웠다가 주변에 괜한 오해라도 사게 된다면 큰일이었다. 자칫 잘못했다간 아베론 영지에 화가 미칠 수도 있었다.

그렇다고 아베론 영지의 농경지를 되살릴 수 있는 유일한 방법을 눈앞에 두고 포기할 수는 없었다.

"설사 그런 문제가 생기더라도 이 식물들을 꼭 심고 싶어요."

레이샤드가 나름의 의지를 보였다.

"그렇다면 나도 도울게요."

엘리자베스가 활짝 웃으며 고개를 끄덕였다.

2

엘리자베스는 마계에서 인간들에 대해 많은 것을 연구해 왔다.

그녀의 지식은 마계에서도 손꼽히는 지식을 가졌다는 가르시아 못지않았다.

"이건 이렇게 처리하는 편이 낫겠어요."

엘리자베스는 조언의 방식으로 적극적으로 레이샤드를 도왔다.

그녀의 조언은 단순히 방향성만 제시해 주던 시험의 궁의 도움보다 훨씬 효과적이었다.

덕분이 레이샤드는 고작 네 시간여 만에 여섯 뭉치의 서류를 전부 처리할 수 있었다.

"고마워요. 엘리자베스 덕분에 다 끝냈어요."

레이샤드가 다시 한 편에 쌓인 서류 뭉치들을 보며 웃었다.

현실로 돌아가면 아마 오후쯤에 아돌프가 찾아올 것이다.

그때 이 서류들을 내민다면 아돌프의 표정이 상당히 재미있게 변할 것 같았다.

"배고프죠? 일단 식사를 하는 편이 좋겠어요."

엘리자베스가 엄마처럼 레이샤드를 챙겼다.

레이샤드는 고개를 끄덕였다.

그렇지 않아도 몇 시간 동안 서류만 들여다봤더니 허기가 몰려오던 차였다.

"너무 부담스럽지 않은 인간 음식으로 준비해줘."

엘리자베스가 나직한 목소리로 말했다. 그러자 시커먼 어둠이 일더니 주인의 명을 재빠르게 수행했다.

스아아아앗!

어둠이 넘실거리다 사라진 식탁 위에는 최고급 빵과 버섯 요리, 그리고 맛있게 끓인 스튜가 모습을 드러냈다.

"고기가 없네요."

식탁을 둘러보던 레이샤드가 살짝 아쉬움을 보였다.

레이샤드가 귀족이자 영주로서 유일하게 누리는 특권은 다름 아닌 매끼마다 고기를 먹는다는 것이었다.

레이샤드의 식습관은 하르베스 폐황태자로부터 비롯되었다.

하르베스 폐황태자는 매끼에 고기를 먹지 않으면 힘을 내지 못한다고 입버릇처럼 말하곤 했다.

그래서 레이샤드도 특별한 경우가 아니고서는 매끼마다 육류를 즐겼다. 그렇다 보니 다소 휑한 식탁이 마음에 들지 않았다.

하지만 엘리자베스는 검술 훈련을 위해서는 위에 부담을 주어서는 안 된다고 말했다.

"식사가 끝나면 아스와 검술 대련을 해야 하잖아요? 검사들은 본래 검술을 익힐 때는 배를 가볍게 하는 법이에요. 고기는 검술 훈련이 끝나고 마음껏 즐겨요."

엘리자베스가 웃으며 레이샤드를 달랬다. 레이샤드도 마지못해 고개를 끄덕였다.

검술 훈련을 하는 것과 배를 가볍게 하는 게 무슨 상관관계가 있는지는 알 수 없지만 엘리자베스가 하는 말이니 옳은 것이라고 받아들였다.

다행히도 시험의 궁이 준비한 음식은 레이샤드의 입맛에 딱 맞았다.

처음에는 시큰둥하던 레이샤드도 맛을 보고는 정신없이 먹어 치우기 시작했다.

"그런데 엘리자베스는 안 먹어요? 아스타로트는요?"

혼자 식사하기 미안했던지 레이샤드가 엘리자베스와 아스타로트를 챙겼다. 그러자 엘리자베스가 괜찮다며 고개를 흔들었다.

마계 황족들은 입맛이 까다롭기로 유명했다.

음식이 조금만 마음에 들지 않아도 주방 마족들이 전부 궁 밖으로 쫓겨나는 일이 심심치 않게 벌어질 정도였다.

게다가 시험의 궁이 만든 음식은 다분히 인간들의 취향을 반영했다.

향신료가 지나치게 많이 들어간 저급한 음식을 마계 황족이 먹는다는 건 있을 수 없는 일이었다.

황족들의 문화를 따라하는 마계 귀족들도 마찬가지였다.

대부분의 마족은 인간들처럼 불로 음식을 익히거나 향신료로 냄새를 없애지 않았다.

오히려 재료 본연의 맛을 즐겼다.

그렇다 보니 인위적인 냄새만 가득한 음식들은 쳐다도 보지 않았다.

하지만 레이샤드 입장에서는 손님이나 마찬가지인 엘리자베스와 아스타로트를 신경 써야만 했다.

"그러지 말고 함께 먹어요. 여기! 같은 음식으로 2인분 더 만들어줘."

레이샤드가 멋대로 천장을 바라보며 외쳤다.

그러자 어둠이 일더니 엘리자베스와 아스타로트 앞쪽에 똑같은 음식을 만들어냈다.

순간 엘리자베스와 아스타로트의 얼굴에 난처함을 넘어선 당혹감이 번졌다.

그렇다고 레이샤드의 배려를 이대로 외면할 수도 없는 노릇이었다.

"흠……."

나직이 한숨을 내쉬던 아스타로트가 마지못해 스푼을 들었다. 그리고는 눈을 질끈 감고 스튜를 떠넘겼다.

만일 다른 사람이 그 맛을 보았다면 입안 가득 퍼지는 달콤함에 만족스러운 표정을 지었을 것이다.

그러나 아스타로트에게는 끔찍한 경험이었다. 마계 하층민들이나 즐길 법한 신선도가 사라진 피를 들이켜는 기분이었다.

"레이, 별로 배가 고프지 않아요. 미안해요."

아스타로트의 표정을 읽은 엘리자베스가 어색하게 웃으며 말했다. 하지만 레이샤드는 막무가내였다.

손님들을 앞에 두고 이렇게 맛있는 음식을 혼자 먹기란 미안한 노릇이었다.

"엘리자베스. 정말 맛있어요. 그러니까 조금이라도 들어 봐요. 네?"

레이샤드가 엘리자베스를 끈질기게 보챘다. 그러는 사이 아스타로트는 음식들을 전부 삼켜 버리고는 냅킨으로 입을 닦고 있었다.

"하아, 알았어요. 대신 조금만 먹을 거예요."

레이샤드의 끈질김에 지친 엘리자베스가 마지못해 스푼을 들었다. 그리고 아스타로트처럼 눈을 질끈 감은 채 스튜를 힘겹게 떠넘겼다. 그런데…….

"음? 괜찮은데요?"

역겨울 줄로만 알았던 스튜가 매끄럽게 넘어갔다.

물론 마계의 입맛에 적응된 탓에 엘리자베스는 맛있다는 느낌까지 받지는 못했다.

그러나 적어도 인간들 앞에서 아무렇지도 않게 식사를 즐길 수는 있을 것 같았다.

"엘리자베스. 이것도 맛있어요."

레이샤드가 잘 익힌 버섯 하나를 포크에 찍어들며 말했다.
엘리자베스는 다시 용기를 가지고 버섯 하나를 입에 집어넣었다.

이번에도 버섯은 별다른 거부감 없이 식도를 통과했다.

"어때요? 맛있죠?"

레이샤드가 확인하듯 물었다.

"네, 뭐…… 괜찮은 것 같네요."

아직 의례적인 말이 입에 붙지 않은 듯 엘리자베스가 가볍게 고개를 끄덕였다.

"저는 먼저 일어나겠습니다."

식탁에 찾아온 화기애애한 분위기가 마음에 들지 않는 듯 아스타로트가 자리에서 일어났다.

스아아앗.

아스타로트의 신형이 순식간에 어둠 속으로 사라졌다. 엘리자베스가 뒤늦게 고개를 돌려 봤지만 아스타로트의 모습은 어디에도 보이질 않았다.

"이 정도가 좋겠군."

아스타로트는 시험의 궁 깊숙이 걸어 들어갔다. 그리고는 마력을 끌어올려 주변을 차단한 뒤에 허리를 굽히고 입을 벌렸다.

우욱.

아스타로트가 억지로 헛구역질을 하자 조금 전에 삼키듯 넘겼던 음식들이 입 밖으로 쏟아져 나왔다.

"역겹군. 역겨워."

벌써 반쯤 소화된 구토물을 내려다보며 아스타로트가 이맛살을 찌푸렸다.

이런 음식들을 앞으로도 계속 먹어야 한다는 사실이 그저 끔찍하기만 했다.

그럴수록 자신에게 이런 만행을 저지른 레이샤드가 마음에 들지 않았다.

"인간……!"

아스타로트가 빠득 이를 갈았다. 자연스럽게 검의 손잡이를 움켜잡은 손이 부르르 떨렸다.

3

아스타로트가 버린 속을 달래고 돌아왔을 때는 이미 식사가 끝이 난 상태였다.

"엘리자베스님, 괜찮으십니까?"

아스타로트는 엘리자베스가 걱정이었다.

아무리 인간의 피를 이어받았다곤 하지만 지금껏 마계 음식만 먹어 온 그녀가 쉽게 감당할 게 아니라고 여겼다.

그러나 아스타로트의 걱정과는 달리 엘리자베스는 아무렇지도 않은 표정이었다.

그녀는 오히려 안쓰러운 눈으로 아스타로트를 위로했다.

"아스, 힘들었지?"

"아, 아닙니다."

"먹기가 쉽지 않았을 텐데 속은 괜찮은 거야?"

"그게…… 버틸 만합니다."

아스타로트는 차마 음식을 뱉어냈다는 말을 하지 못했다.

절망의 검이라 불리는 마계 최고의 기사가 고작 인간들의 음식 하나를 감당하지 못했다는 건 자존심이 상할 노릇이었다.

하지만 엘리자베스의 말을 반만 주워들은 레이샤드는 제멋대로 위험천만한 오해를 하고 말았다.

"아스타로트, 속이 좋지 않아요?"

레이샤드는 아스타로트가 체했다는 사실에 걱정이 앞섰다. 그렇지 않아도 씹지도 않고 음식을 먹는 것 같아서 적잖게 신경이 쓰이던 차였다.

그러나 마땅찮아하던 레이샤드에게 동정을 사게 된 아스타로트의 표정은 싸늘하게 굳어진 지 오래였다.

"속이 불편하면 오늘은 쉬는 게 좋겠어요. 검술 훈련은 혼자 해도 괜찮아요."

레이샤르드가 재차 아스타로트를 챙겼다. 검술 훈련도 좋지만 속이 불편한 이를 데려다가 고생을 시킬 수는 없는 노릇이었다.

그러자 아스타로트가 싸늘한 냉기를 풍기며 말했다.

"난 괜찮으니 어서 검을 잡고 따라와라."

레이샤르드는 마지못해 검을 들었다. 그리고 아스타로트를 따라 어둠 속을 헤치고 걸었다.

"그쪽에 서라."

탁자와 적당히 멀어지자 아스타로트가 걸음을 멈추고 말했다.

그때까지만 해도 레이샤르드는 아스타로트가 신경 쓰였다. 자신 때문에 괜히 무리를 하다 탈이라도 날까 봐 걱정이었다.

하지만 아스타로트는 레이샤르드에게 염려를 살 만큼 나약한 존재가 아니었다.

"검을 뽑아라."

아스타로트의 목소리가 살벌하게 울렸다. 그 위압감에 기가 눌린 것일까. 레이샤르드는 시키는 대로 천천히 검을 뽑아 들었다.

스아아앗.

흑철검 특유의 묵직한 울음소리가 레이샤르드를 기분 좋게 만들어주었다.

단순히 흑철검을 잡아 들었을 뿐이지만 마음만은 그 누구와도 싸워 이길 수 있을 것 같았다.

하지만 그것도 잠시. 뒤이어 아스타로트가 검을 뽑자 분위기가 달라져 버렸다.

후아아앗!

둘의 주변을 맴돌고 있던 어둠들이 기겁을 하며 뒤로 물러섰다.

아스타로트가 뽑아 든 검은 수많은 신족의 심장을 찢어발긴 마계의 명검 중의 명검 디스트로이였다.

그 명성을 익히 아는 이라면 디스트로이를 뽑아 든 아스타로트 앞에서 감히 태연할 수가 없었다.

하지만 레이샤드는 디스트로이를 보고도 별다른 두려움을 느끼지 못했다.

엘리자베스의 명에 따라 아스타로트가 레이샤드에게만큼은 억지로 살기를 억누르고 있기 때문이었다.

물론 그렇다고 해서 아스타로트의 실력이 달라지는 건 아니었다.

마족들은 자신의 강함을 과시하기 위해 살기를 드러내곤 하지만 아스타로트 정도 되는 강자에게는 의미가 없는 일이었다.

게다가 상대는 마신이나 마족이 아닌 일개 인간일 뿐이었다.

아스타로트가 마음먹고 살기를 뿜어댈 경우 그걸 감당하지 못하고 심장 마비로 죽어버릴지도 모를 인간 말이다.

"간다."

아스타로트가 전투 마족답게 먼저 검을 움직였다. 그리고는 미처 자세를 잡지 못한 레이샤드의 옆구리로 빠르게 검을 내질렀다.

"앗!"

레이샤드가 뒤늦게 검을 뻗어 보았지만 사각을 파고드는 아스타로트의 공격을 막아내지 못했다.

아니, 이제 겨우 실전검술을 익히는 레이샤드가 아스타로트의 검을 막기란 애당초 불가능한 노릇이었다.

"크아악!"

옆구리가 터질 듯한 충격과 함께 레이샤드가 그대로 튕겨 나갔다.

아스타로트가 마지막 순간 손목을 돌려 검면으로 후려치지 않았다면 레이샤드는 영주로서 짧은 생을 마감하게 됐을지 몰랐다.

한참 동안 가쁜 숨을 헐떡이던 레이샤드는 힘겹게 몸을 일으켰다. 그리고 매서운 눈으로 아스타로트를 노려봤다.

아무리 실전 대련이라고 해도 그렇지 초반부터 이런 식의 공격은 무례하다고 여겼다.

무엇보다 자신은 영주였다.

영지에 손님으로 온 자가 영주의 사정을 봐주지 않는 것 역시 용납할 수 없는 일이었다.

그러나 아스타로트는 눈 하나 까딱하지 않았다.

오히려 그는 조금 전의 공격조차 막아내지 못하는 레이샤드에게 적잖은 실망한 상황이었다.

"검을 들어라."

아스타로트가 짧게 소리쳤다.

레이샤드가 반사적으로 눈가를 찌푸렸지만 신경 쓰지 않았다.

아직 기사로서 기본도 되지 않은 레이샤드에게 일일이 반응해 줄 만큼 그는 너그러운 성격이 아니었다.

"크윽!"

레이샤드가 애써 이를 악물었다. 그리고 이번에는 당하지 않겠다며 두 눈을 부릅떴다.

하지만 단순히 인간의 육안(肉眼)만으로 아스타로트의 검을 좇기란 한계가 있었다.

퍼어억!

눈 깜짝할 사이에 날아든 아스타로트의 검이 그대로 레이샤드의 왼팔을 후려쳤다.

"윽!"

레이샤드가 왼팔을 움켜잡으며 주저앉았다.

마음 같아선 아스타로트에게 검을 내지르고 싶었지만 그
러기에는 왼팔을 통해 파고드는 고통이 너무나 극심했다.

그러나 아스타로트는 레이샤드가 고통을 되삼킬 때까지
기다려 줄 생각이 전혀 없었다.

"일어나라."

아스타로트가 싸늘한 목소리로 말했다.

팔을 베인 것도 아니고 고작 검면에 얻어맞았을 뿐이다. 그
정도 배려를 해줬는데도 엄살을 피운다는 건 기사로서 자질
이 없다는 의미였다.

"크윽!"

레이샤드는 힘겹게 몸을 일으켰다.

하지만 처음처럼 독기 어린 눈으로 아스타로트를 노려보
지는 못했다.

처음엔 옆구리, 그리고 이번엔 왼팔이다. 이다음에는 어디
를 노리고 들어올지 벌써부터 겁이 났다.

"검을 들어라."

아스타로트의 목소리가 낮게 울렸다. 레이샤드가 반사적
으로 검을 가슴 앞쪽으로 가져다 댔다.

그 순간,

후아아앗!

날카로운 바람 소리가 들려오더니 가슴 쪽으로 오싹한 기분이 전해졌다.

'가슴!'

레이샤드는 다급히 두 손에 힘을 주었다.

아스타로트의 공격을 막겠다는 생각보다는 가슴을 얻어맞을 경우 죽을지도 모른다는 불안함이 먼저 떠올랐다.

그러나 이번에도 아스타로트의 공격을 막아내지는 못했다.

레이샤드가 막아야 한다고 몸을 움직인 그 순간 아스타로트의 검은 벌써 레이샤드의 가슴을 파고들었다.

퍼어엉!

요란한 파공성과 함께 레이샤드가 주룩 밀려났다.

심장 위를 얻어맞은 탓일까.

레이샤드는 이렇다 할 비명조차 내지르지 못하고 그대로 혼절하고 말았다.

"형편없군."

쓰러진 레이샤드를 바라보며 아스타로트가 이맛살을 찌푸렸다.

엘리자베스의 부탁도 있고 해서 일반 마족 수준으로 힘을 맞췄는데 그것조차 감당해 내지 못하다니.

이래가지고서야 제대로 된 검술이나 배울 수 있을지 의문이었다.

그러나 아스타로트는 레이샤드를 지나치게 과대평가한 경향이 있었다.

일반적으로 일반 마족을 상대하기 위해서는 블레이드 나이트 급(오러를 구현해 낼 수 있는 기사 등급)의 기사가 필요했다.

그것도 중간계에서 마족을 상대한다는 조건(신족의 경우 신계를 벗어나면 힘에 제약이 따른다.)하에 말이다.

만일 일반 마족을 마계에서 상대해야 한다면 마스터 급 기사가 나서야 했다. 그만큼 마족은 강한 존재고 인간은 약했다.

틈틈이 수련을 해왔다지만 레이샤드의 검술 실력은 이제 겨우 오러 유저(오러를 느끼는 기사 등급) 수준이었다.

시험의 궁으로부터 받은 정체불명의 검술서를 익히기 전까지는 익스퍼트 수준에 머물러 있었다.

그렇다 보니 레이샤드가 아스타로트의 기대에 못 미치는 것은 어찌 보면 당연한 노릇이었다.

"일어나라."

아스타로트가 혼절한 레이샤드를 향해 소리쳤다.

디스트로이가 가슴을 꿰뚫으려는 순간 마나를 이용해 밀어냈으니 큰 부상은 입지 않았을 것이라 여겼다.

하지만 정작 레이샤드는 한참이 지나도 깨어날 생각을 하지 못했다.

자연스럽게 아스타로트의 표정은 짜증과 초조를 지나 불안함으로 변했다.

"이봐, 인간. 일어나라. 어서!"

아스타로트가 재촉하듯 말했다.

그러나 레이샤드는 꿈쩍도 하지 않았다. 의식을 잃은 탓에 아스타로트의 말을 들을 수가 없었다.

'설마 죽은 건 아니겠지?'

잠시 망설이던 아스타로트가 레이샤드에게 다가갔다. 그리고 손바닥을 레이샤드의 가슴 위에 올려놓고 몸 안을 살폈다.

다행히도 심장은 뛰고 있었다.

특별히 장기가 상한 것도 아니었다. 다만 외부로부터 침입한 기운이 마나 통로의 한 곳을 단단히 틀어막고 있었다. 그 충격 때문에 레이샤드가 눈을 뜨지 못하는 것이었다.

"정말 귀찮게 하는군."

살짝 이맛살을 찌푸리던 아스타로트가 이내 기운을 끌어올렸다.

스아아아앗!

어둠을 닮았지만 더없이 정순한 아스타로트의 마나가 손

바닥을 타고 레이샤드의 몸속으로 스며들었다.

그 순간 레이샤드의 몸이 제멋대로 반응하기 시작했다. 아스타로트의 마나를 힘껏 빨아들인 뒤에 그 힘을 이용해 막혀 있는 마나 통로를 뚫기 시작한 것이다.

쿵! 쿵! 쿵! 콰광!

몇 번의 두드림 끝에 막혔던 마나 통로가 열렸다.

통로를 막았던 아스타로트의 기운이 마나 익스핀을 타고 유입된 또 다른 아스타로트의 마나에 의해 집어삼켜진 것이다.

"쿨럭……."

그와 동시에 레이샤드의 입에서도 기침이 터져 나왔다. 표정을 보니 이제야 정신을 차린 모양이었다.

"하아……."

이제야 한시름 놓게 된 아스타로트가 슬쩍 탁자 쪽을 바라봤다.

아스타로트가 했던 모든 행동을 지켜보고 있었음일까. 엘리자베스가 묘한 미소를 머금고 있었다.

제11장

영지의 성장 Part 2

1

"그만 일어나라."

"크윽……."

"그리고 검을 들어라."

아스타로트의 일방적인 지도 검술은 이후에도 계속되었다.

레이샤드는 좀처럼 아스타로트의 공격을 막아내지 못했다. 아니, 막아 낼 수가 없었다.

아스타로트의 검이 워낙 빠른데다가 예측하기 어려워 매번 공격을 몸으로 받아야만 했다.

그럴 때마다 아스타로트는 이맛살을 찌푸렸다. 고작 이 정도 공격조차 받아내질 못하냐며 불쾌해했다.

레이샤드는 억울했다.

그가 생각했던 지도 검술은 이런 게 아니었다. 상냥하진 않더라도 차근차근 실전 검술을 가르쳐 주며 성장을 이끌어줄 것이라고 기대했다.

하지만 절망의 검이라 불리는 아스타로트의 성격에 친절과 배려를 기대한다는 거 자체가 애당초 무리나 마찬가지였다.

레이샤드가 약한 모습을 보이려 할 때마다 아스타로트는 더욱 매정하게 몰아붙였다.

레이샤드가 자신의 지도를 따라오지 못한다는 걸 알고 있었지만 크게 신경 쓰지 않았다.

그것은 단지 레이샤드가 마음에 들지 않아서가 아니다.

레이샤드를 괴롭히려는 마음은 더더욱 아니었다.

레이샤드를 자신과 검을 맞댄 한 명의 기사로서 인정했기 때문이다.

물론 단순히 레이샤드의 실력만 놓고 보자면 기사는커녕 검사(검을 무기로 삼는 모든 이를 지칭하는 범용적인 표현)라 불리기에도 부끄러운 형편이었다.

그리고 엘리자베스의 부탁이 아니었다면 감히 검을 들고

아스타로트와 마주설 수도 없었을 것이다.

하지만 아스타로트는 레이샤드가 언제고 자신이 원하는 수준까지 성장해 줄 것이라고 여겼다.

레이샤드에게 특별히 기대감을 품어서가 아니었다. 레이샤드가 다름 아닌 인간이기 때문이었다.

인간이 창조주가 만든 수많은 피조물을 제치고 대륙의 주인이 될 수 있었던 건 스스로 성장할 수 있는 능력을 가지고 있어서였다.

약함을 이겨내고 부족함을 채워가며 성장한 끝에 지금의 우월한 위치에까지 오른 것이다.

레이샤드는 바로 그 인간이었다. 그리고 인간들 중에서도 엘리자베스에게 선택받은 특별한 인간이다.

그렇다면 다른 인간들보다 뛰어난 무언가가 있을 것이라고 생각했다.

하지만 애석하게도 레이샤드가 당장 아스타로트의 기대를 만족시키기란 무리였다.

이제 겨우 열다섯 살이 된 레이샤드가 마계에서만 1만 년을 넘게 산 아스타로트의 눈에 드는 건 애당초 요원한 일이었다.

결국 레이샤드는 일곱 번을 더 혼절하고서야 무자비했던 검술 훈련을 끝마칠 수 있었다.

"검은 장식품이 아니다."

수련을 마치며 아스타로트가 한마디 했다.

마지막까지 검조차 내지르지 못하는 레이샤드가 한심스러 웠던 모양이었다.

애써 몸을 일으킨 레이샤드는 입술을 질끈 깨물었다.

울컥 하는 감정이 치밀어 올랐지만 차마 내보일 수가 없었 다. 그랬다간 자신이 더욱 비참해질 것 같았다.

"레이, 괜찮아요. 말했잖아요. 아스는 강하다고. 정말 수고 많았어요."

아스타로트를 대신해 엘리자베스가 다가와 레이샤드를 위 로했다. 하지만 결코 동정은 하지 않았다.

아스타로트가 자신의 방식으로 레이샤드의 자존심을 지켜 주었듯 그녀 또한 지켜주고 싶었다.

"피곤해요. 좀 쉬고 싶어요."

레이샤드가 지친 얼굴로 말했다.

아스타로트가 제때 기운을 불어넣어 준 덕분에 특별히 몸 이 상하진 않았지만 영혼만은 거의 넝마가 된 기분이었다.

엘리자베스는 기다렸다는 듯이 시험의 궁에 침대를 마련 하라고 지시했다.

그러자 어둠이 일어나더니 근사한 침대가 모습을 드러냈 다. 한 번 누우면 며칠 동안은 숙면을 취할 것 같은 크고 푹신

한 침대였다.

레이샤드는 뭔가에 홀리듯 정신없이 침대 위로 올라갔다.

"한숨 푹 자고 나면 괜찮을 거예요."

레이샤드의 머리맡에 앉으며 엘리자베스가 다독이듯 말했다.

하지만 분함 때문일까.

레이샤드는 좀처럼 잠을 청하지 못했다.

그런 레이샤드가 안쓰러웠던지 엘리자베스가 그의 볼에 가볍게 입을 맞췄다.

그 순간 레이샤드의 안색이 한결 밝아지더니 거짓말처럼 잠에 빠져들었다.

엘리자베스는 잠이 든 레이샤드의 머리맡에 주저앉았다. 그리고 새하얀 손으로 땀에 젖은 레이샤드의 머리카락을 매만져 주었다.

오늘 레이샤드는 지금껏 단 한 번도 느껴보지 못했던 좌절과 굴욕을 맛보았을 것이다.

레이샤드의 나이를 감안했을 때 어쩌면 조금 이른 아픔일지도 몰랐다.

하지만 엘리자베스에게는 시간이 많지 않았다. 레이샤드가 빨리 성장해 주지 못한다면 크로노스 왕국의 재건은 물거품이 될지도 몰랐다.

"아스, 레이가 해낼 수 있을까?"

엘리자베스가 나직이 중얼거렸다. 그런 그녀의 심정이 느껴진 것일까.

"잘…… 할 겁니다."

아스타로트가 담담히 고개를 끄덕였다.

2

엘리자베스 덕분에 레이샤드는 깊은 잠에 빠져들었다.

하지만 잠에서 깬 이후에도 아스타로트에게 일방적으로 당했다는 충격은 가시질 않았다.

현실로 돌아온 레이샤드는 곧장 연무장으로 향했다. 그리고는 지칠 때까지 미친 듯이 검을 휘둘렀다.

그날 밤.

레이샤드는 침대에 누우면서 이를 악물었다.

다시 시험의 궁에 들어갔을 때에는 어떻게든 아스타로트의 검을 막아 보이겠다고 단단히 다짐했다.

그러나 막상 검을 들고 아스타로트의 앞에 서자 상황이 달라졌다.

레이샤드가 어떻게든 검을 휘두르려 했지만 소용없었다. 보이지 않은 아스타로트의 공격에 얻어맞으면 비명을 내지르며 바닥을 나뒹굴어야 했다.

이번에도 레이샤드는 일곱 번을 기절했다. 그동안 단 한 번도 아스타로트의 공격을 막거나 공격하지 못했다.

힘겹게 정신을 차린 레이샤드는 창피해 죽고만 싶었다.

자신의 검술 실력이 고작 이 정도였다는 사실에 화가 났다. 피치가 애써 만들어준 검을 들고 있는 것조차 부끄러울 정도였다.

하지만 엘리자베스는 레이샤드에게 조금도 실망하지 않았다.

상대는 마계 제일의 기사인 절망의 검 아스타로트다. 그와의 맞대결은 마신들조차 기피할 정도였다.

그런 강적을 상대로 포기하지 않고 맞선다는 것 자체가 칭찬받아 마땅한 일이었다.

"고생했어요, 레이. 검은 내게 주고 푹 쉬어요."

엘리자베스는 지친 레이샤드를 억지로 침대로 이끌었다.

그리고 쉽게 잠들지 못하는 레이샤드의 볼에 지난번처럼 가볍게 입을 맞춰 주었다.

엘리자베스가 잠을 권한 건 단순이 충격을 잊으라는 이유만은 아니었다. 이곳이 시험의 궁이기 때문이었다.

시험의 궁에서 자는 잠은 회복력을 비약적으로 높여 준다.

또한 레이샤드가 일곱 번 혼절한 동한 아스타로트가 몸 안

에 불어넣어줬던 정순한 마나를 흡수하는 데도 잠이 도움이
되었다.

그뿐만이 아니다.

레이샤드가 익힌 마나 익스핀은 잠을 자면서도 마나의 축
적이 가능하다.

몸을 회복하는 것은 물론이고 아스타로트의 마나를 흡수
하고 활성화된 마나 익스핀으로 축기까지 이룰 수 있다.

단순히 잠을 자는 것으로 인해 레이샤드는 동시에 세 가지
효과를 누리는 셈이었다.

그러나 정작 레이샤드는 이 같은 사실을 알지 못했다.

그보다는 어떻게든 아스타로트의 공격을 막기 위해 노력
하고 또 노력했다.

그렇게 아스타로트와 수련을 한 지 열흘째 되던 날.

까각!

레이샤드는 가슴으로 날아드는 아스타로트의 공격을 살짝
빗겨 맞추는 데 성공할 수 있었다.

물론 아스타로트의 공격 자체를 막아내진 못했다. 고작 열
흘 만에 막아낼 수 있을 만큼 아스타로트의 공격은 만만치가
않았다.

"으윽!"

잠깐의 희열에 이어 끔찍한 고통이 레이샤드의 가슴을 강

하게 파고들었다.

하지만 레이샤드는 쓰러지지 않았다. 충격을 참지 못하고 기절하지도 않았다.

이를 악물고 모든 것을 버텨 냈다. 아스타로트의 공격에 검이 따라갔다는 기쁨이 두 다리를 단단하게 받쳐 준 것이다.

힘겹게 고통을 참아 넘긴 레이샤드가 상기된 얼굴로 아스타로트를 바라봤다. 그러나 정작 아스타로트의 표정은 큰 변화가 없었다.

벌써 열흘째다.

열흘째 같은 패턴으로 레이샤드를 공격하고 있었다.

바보가 아닌 이상에야 패턴을 숙지하고 방어를 시도하는 게 당연한 노릇이었다.

그보다 아스타로트는 다른 게 더 신경 쓰였다.

"검이 망가졌군."

아스타로트가 디스트로이를 막아 선 검을 바라보며 나직이 중얼거렸다. 그 순간,

파지직.

흑철로 만들어진 레이샤드의 검이 산산이 부서지기 시작했다.

레이샤드는 깜짝 놀라 검을 떨어뜨렸다. 그리고는 황망한 얼굴로 부서진 검을 내려다봤다.

이 검은 단순한 검이 아니었다.

하르베스 폐황태자가 열다섯 살 생일을 기념해 주문한 검이고 대장장이 피치가 정성을 다해 만들어준 검이다. 그런데 그 검이 허무하리만치 부서져 버렸다.

'흠……. 사연이 있는 검인 모양이군.'

아스타로트는 살짝 눈가를 찌푸렸다.

그 역시 기사이기 때문일까.

사연이 있는 검이 어떤 의미인지 누구보다 잘 알고 있었다.

검의 부서진 정도로 보아서는 파편을 잘 추스른다면 다시 이어붙일 수 있을 것 같았다.

영지를 둘러본 골드마크의 말에 따르면 영지에 제법 실력 있는 대장장이가 살고 있다고 했다.

아마 그에게 맡기면 완벽하게는 어렵겠지만 복원하는 데 큰 문제는 없을 것 같았다.

정작 문제는 따로 있었다.

바로 아스타로트의 애병인 디스트로이.

디스트로이는 마계 최고의 대장장이가 천 년간 망치질해서 만든 마계에서도 첫손에 꼽히는 검이었다.

게다가 디스트로이의 재질은 마계 최고의 금속이라 일컬어지는 아만티움이었다.

그것도 불순물이 하나 없는 최상급의 아만티움으로만 만

들어졌다.

아만티움의 강도는 대륙에 존재하는 그 어떤 금속보다 월등하게 강했다.

설사 레이샤드가 검을 고치더라도 조금 전처럼 방어나 혹은 반격을 하는 과정에서 디스트로이와 부딪친다면 또다시 검은 깨지고 말 것이다.

단순히 부서진 검을 이어 붙인다고 해서 근본적인 문제가 해결되는 게 아니었다.

결국 방법은 두 가지였다.

하나는 레이샤드와의 검술 대련 중에는 아스타로트가 디스트로이를 포기하는 것.

다른 하나는 반대로 레이샤드가 디스트로이와 견줄 만한 명검을 손에 쥐는 것.

둘 중 하나가 아니고서는 더 이상의 검술 수련은 불가능했다.

간단하게 놓고 보자면 마계 최고의 기사인 아스타로트가 다른 검을 손에 쥐는 게 현명해 보였다.

하지만 아스타로트는 디스트로이 이외의 검을 휘두르고 싶은 마음이 없었다.

마계 최고의 기사와 마계 최고라 불릴 만한 검. 이 둘의 조합은 수많은 마족의 질시를 불러 일으켰다.

일부 마족들은 디스트로이가 없다면 아스타로트도 지금의 명성을 얻지 못했을 것이라고 말했다.

또 다른 마족들은 아스타로트가 진정한 마계 최고의 기사라면 디스트로이를 포기해야 한다고 떠들어댔다.

그런 말들에 대해 아스타로트는 크게 신경 쓰지 않았다. 오히려 담담히 받아들였다.

디스트로이는 크로노스를 포함해 모든 마신이 노리던 검이었다.

마계 최고의 대장장이의 목숨을 살려 준 인연이 아니었다면 결코 아스타로트에게 오지 못했을 검이었다.

디스트로이를 손에 넣은 이후로 아스타로트는 애검을 빼앗기지 않기 위해 더욱 처절하게 노력했다.

마신들은 물론이고 크로노스조차 자신을 디스트로이의 주인으로 인정하게 만들기 위해 이를 악물고 싸웠다.

그 노력이 쌓이고 쌓여 만들어진 게 지금의 아스타로트였다. 그러니 디스트로이가 없었다면 아스타로트도 없다는 말은 틀리지 않은 셈이었다.

"어쩔 수 없지."

잠시 고민하던 아스타로트가 아공간을 열었다. 그리고는 그 안에서 아만티움으로 만든 검신(검의 손잡이 윗부분)을 하나 꺼냈다.

그것은 과거 최상급 마족 하나와 싸워서 빼앗았던 검의 검신이다.

쓸모가 있을까 해서 가지고 있었는데 이렇게 사용하게 될 것이라고는 단 한 번도 생각지도 못했다.

"이걸 덧대어 고쳐라."

아스타로트가 레이샤드에게 검신을 내밀었다. 그러자 레이샤드가 의외라는 얼굴로 아스타로트를 바라봤다.

지금껏 아스타로트는 피도 눈물도 없이 레이샤드를 몰아붙였다.

레이샤드가 몇 번이고 힘에 겨워했지만 그때마다 돌아온 것은 싸늘한 냉소가 전부였다.

그런데 검을 고치라고 검신까지 내주다니. 아스타로트가 갑작스럽게 다르게 보였다.

"고마워요. 잘 쓸게요."

레이샤드가 조심스럽게 아만티움 검신을 받아 들었다.

아만티움 특유의 날카로움 때문일까.

검신을 받아 든 것만으로도 손바닥이 베일 것 같은 살기가 느껴졌다.

"그런데…… 이건 무슨 금속이죠?"

레이샤드가 아스타로트를 향해 물었다. 아무리 봐도 평범한 금속같이 느껴지지는 않았다.

하지만 아스타로트는 아무 대답도 해줄 수가 없었다.

아만티움의 정체를 밝히는 순간 모든 진실이 드러나게 될 수 있기 때문이었다.

그때였다.

"광택이 특별할 뿐이지 대단한 금속은 아니에요."

멀찍이서 지켜보고 있던 엘리자베스가 아스타로트를 대신해 나섰다.

"그래요?"

"네, 좀 단단해 보이긴 하지만 그렇게까지 가치 있는 금속은 아닐 거예요. 그러니까 너무 부담 가질 필요 없어요."

엘리자베스는 검신에 대한 레이샤드의 호기심을 적당히 덮었다.

레이샤드도 엘리자베스의 말을 믿고는 고개를 끄덕였다.

"참, 레이. 이 검은 영지 밖의 대장간에 맡길 건가요?"

엘리자베스가 레이샤드를 바라보며 물었다.

"네, 우리 영지에는 대장간이 그곳밖에 없어요."

레이샤드가 부끄러운 듯 얼굴을 붉혔다. 그러자 엘리자베스가 웃으며 말을 이었다.

"그럼 검은 내게 맡겨 줘요. 그렇지 않아도 따로 대장간에 제작을 주문할 게 있어요."

엘리자베스의 청에 레이샤드는 다시 한 번 고개를 끄덕였다. 그렇지 않아도 현실로 돌아가면 연무장에서 검술 수련을 할 생각이었다.

자신의 일을 엘리자베스가 대신해 준다니 그저 고맙기만 했다.

그러나 엘리자베스는 단순히 호의로 레이샤드를 돕겠다고 나선 게 아니었다.

현실로 돌아오기가 무섭게 엘리자베스는 아스타로트를 대동하고 피치의 대장간으로 향했다.

"당신이 피치로군요."

"누구…… 십니까?"

"흠……. 하프 드워프라. 흥미로운데요?"

"……!"

오랫동안 지켜왔던 자신의 비밀이 들통 나자 피치의 눈매가 일그러졌다.

하지만 그뿐.

피치는 감히 분노의 감정을 표출할 수가 없었다. 엘리자베스 뒤에 서 있는 아스타로트 때문이었다.

비록 혼혈이긴 하지만 피치는 이종족 특유의 기감이 발달되어 있었다. 그리고 그 기감은 상위 서열의 포식자에 대해서는 민감하게 반응했다.

피치가 조심스럽게 아스타로트를 살폈다.

검은 머리카락에 차가운 인상, 그러면서도 압도적인 기세를 뿜어낼 수 있는 종족은 세상에 그리 많지 않았다.

'드래곤이 아니라면 마족……!'

피치의 표정이 더욱 딱딱하게 굳어졌다.

드래곤과 마족. 둘 중 어느 쪽이든 좋은 의도로 자신을 찾아오지는 않았을 게 틀림없다고 여겼다.

"제게…… 원하시는 게 무엇입니까?"

피치가 떨리는 눈으로 엘리자베스를 바라봤다.

드래곤이나 마족을 수행 기사로 두고 있다는 것 자체가 그녀의 신분이 엄청나다는 것을 의미하고 있었다.

그러자 엘리자베스가 가볍게 웃어 보였다.

눈치 빠른 피치가 알아서 몸을 낮추니 대화하기가 편해졌다는 표정이었다.

"이 검을 고쳐줬으면 좋겠는데."

엘리자베스가 손에 든 나무 상자를 내밀었다.

"검을…… 말입니까?"

피치가 조심스럽게 나무 상자를 받아 들었다. 그리고 떨리는 손으로 상자의 뚜껑을 열었다.

가장 먼저 눈에 들어온 것은 금색 광택이 멋들어진 검신이었다.

피치가 평범한 인간 대장장이었다면 아마 독특한 광택에

감탄사를 터뜨렸을 것이다.

하지만 한때 드워프들과 함께 살면서 수많은 금속을 접한 피치의 반응은 달랐다.

'아만…… 티움!'

피치는 자신도 모르게 눈을 부릅떴다.

마계의 금속이라 불리는 아만티움으로 이루어진 검신이다. 아만티움이 일부만 섞여 있어도 어마어마한 값어치를 하는 대륙에는 결코 존재할 수 없는 검신이었다.

'마족이 틀림없다.'

피치는 마른 침을 삼켰다. 상대가 마족이라면 더욱 몸조심을 해야 했다.

드워프의 피를 이어받은 피치에게 있어서 드래곤이나 마족은 천적이나 마찬가지였다.

그러나 단순히 위험도로 놓고 보자면 드래곤보다는 마족이 훨씬 더 위험했다.

인간들에게도 알려진 것처럼 드래곤들은 반짝거리는 걸 상당히 좋아했다.

어지간해서는 각자의 영역을 존중하면서도 반짝이는 것과 연관이 되면 싸움도 마다하지 않을 정도였다.

그중에서도 드래곤들은 장인의 일족이라 불리는 드워프들이 만든 장신구를 특히나 선호하는 편이었다.

그래서 오래전부터 드래곤들이 장신구를 얻기 위해 드워프들을 괴롭히고 수탈해 왔다.

그 과정에서 허무하게 목숨을 잃은 드워프들이 한둘이 아니었다.

그래도 드래곤들에게는 적당히 비위만 잘 맞춰 주면 목숨을 부지할 수 있었다.

하지만 마족들은 달랐다.

이유도 없이 살육을 저지르는 마족들에게 드워프란 창조주가 만든 피조물이라는 것 이외에는 아무런 의미가 없었다.

게다가 마족들은 드워프의 손기술조차 대단하게 여기지 않았다.

마계에 훨씬 실력이 뛰어난 대장장이들이 널리고 널렸기 때문이다.

'침착해야 해.'

피치는 티 나지 않게 몇 번이고 숨을 가다듬었다. 그리고 상자 안에서 조심스럽게 아만티움을 꺼냈다.

그런데…… 상자 밑바닥에 깔려 있는 낯익은 검의 파편을 보고는 더 이상 침착할 수가 없었다.

'이, 이건……!'

파편 하나를 집어 든 피치가 몸을 부르르 떨었다.

검은 광택을 띠는 파편은 분명 자신이 레이샤드에게 만들어주었던 묵철검의 일부였다.

'대체 이게 어떻게……!'

흥분한 피치의 매서운 시선이 엘리자베스에게 향했다. 산산조각이 난 검을 보고 레이샤드의 신변에 문제가 생긴 것이라고 오해한 것이다.

"감히!"

피치의 시선이 마음에 들지 않았던지 아스타로트가 한 발 앞으로 나섰다.

그러자 엘리자베스가 손을 들어 아스타로트를 제지했다. 피치가 무엇 때문에 흥분했는지 금세 알아챈 것이다.

"레이에게는 아무 일도 없으니 걱정 마요. 단지 묵철로 만든 검이 너무 약한 것 같아서 보다 단단한 검을 만들어주려는 것뿐이니까요."

엘리자베스가 차분하게 대략적인 사정을 설명해 주었다. 그제야 자신이 겁도 없이 오해했음을 깨달은 피치가 다급히 고개를 숙였다.

"죄, 죄송합니다."

갑작스럽게 치미는 두려움에 피치는 심장이 쿵쾅거렸다. 만에 하나 자신의 무례를 문제 삼는다면 당장 목이 달아날 수도 있었다.

그러나 엘리자베스는 그런 피치의 오해가 싫지 않았다.

오히려 그만큼 레이샤드를 아끼는 것 같아 마음에 들었다.

"그 마음까지 담아 좋은 검을 만들어줘요. 언제까지면 가능하겠어요?"

엘리자베스가 생긋 웃으며 물었다.

그녀의 고운 목소리에 안도한 듯 피치가 속으로 가슴을 쓸어내렸다.

"어차피 묵철을 덧입히는 것뿐이니 사흘 정도면 충분할 것 같습니다."

피치가 공손한 목소리로 대답했다.

만일 주문한 이가 평범한 인간이었다면 한 달을 이야기했을 것이다.

하지만 자신이 하프 드워프라는 사실을 아는 마족 앞에서 여유를 부릴 수는 없는 노릇이었다.

"사흘. 좋네요. 그럼 사흘 후에 찾으러 올게요."

엘리자베스가 가볍게 고개를 끄덕였다. 그리고는 아스타로트와 함께 대장간 밖으로 걸음을 옮겼다.

"후우……."

멀어지는 엘리자베스와 아스타로트를 바라보며 피치가 힘겹게 한숨을 내쉬었다.

일족으로부터 그토록 주의를 받았던 마족을 만났다. 그런데 아무런 일도 일어나지 않았다.

꿈일까.

혹시 꿈을 꾸고 있는 것은 아닐까.

피치는 떨리는 손으로 아만티움 검신을 움켜잡았다. 그 순간 그의 두꺼운 손바닥이 갈라지면서 시뻘건 핏물이 터져 나왔다.

피치는 다시 한 번 침을 꿀꺽 삼켰다.

꿈이 아니다. 현실이다.

놀랍게도 마족을 만난 것이다.

피치는 이 믿기지 않은 일을 어찌 받아들여야 할지 고민스러웠다.

그러다 문득 엘리자베스가 레이샤드를 애칭으로 부르던 게 떠올랐다.

귀족의 애칭이란 아무나 부를 수 있는 게 아니다. 가족이거나 그에 준할 만큼 가까운 사이일 때나 가능했다.

그렇다는 건 엘리자베스가 레이샤드와 친밀한 관계를 유지하고 있음을 의미했다.

'어린 영주님 곁에 마족들이 있다니. 대체…… 무슨 일이란 말인가.'

피치는 레이샤드가 걱정스러웠다. 비록 지금은 별일은 없다고 했지만 마족들에게 속아 타락하고 망가질까 봐 두려웠다.

'아무래도 안 되겠어. 영주님께 그들의 정체를 알려드려야 겠어.'

피치가 피범벅이 된 손을 움켜잡았다.

일이 더 잘못되기 전에 레이샤드에게 어떻게든 진실을 알려야 했다.

그런 피치의 속내를 알아챈 것일까.

—오래 살고 싶으면 쓸데없는 생각은 안 하는 편이 좋을 거예요.

갑작스럽게 피치의 귓가로 엘리자베스의 싸늘한 목소리가 울려 퍼졌다.

"헉!"

피치는 소스라치게 놀라 그 자리에 주저앉았다. 그리고 황급히 주변을 살폈다.

하지만 그곳 어디에서도 엘리자베스의 모습은 찾아볼 수가 없었다.

피치는 천천히 자리에서 일어났다. 그리고 몇 번이고 숨을 들이켜며 쿵쾅거리는 심장을 달랬다.

그 모습을 멀리서 지켜보던 아스타로트가 못마땅한 얼굴로 말했다.

"저 하프 드워프를 저대로 놔두면 영주에게 모든 걸 말할지도 모릅니다."

아스타로트는 엘리자베스가 조금 더 독하게 손을 쓰지 않은 게 마음에 들지 않았다.

마계에서는 더없이 냉정하던 엘리자베스가 어째서 온정을 남발하는지 이해할 수 없다는 표정이었다.

그러나 엘리자베스가 대수롭지 않다며 웃어 보였다.

"마계라면 모르겠지만 대륙에서는 찾아보기 힘든 대장장이야. 그렇다면 당연히 귀하게 다뤄야지. 안 그래?"

엘리자베스의 목소리가 다시 바람을 타고 피치의 귓가를 울렸다.

"……!"

엘리자베스의 속내를 알게 된 피치의 두 눈이 두려움으로 파르르 떨렸다.

3

다음 날 아침.

레이샤르드는 눈을 뜨자마자 간단히 식사를 하고는 외출 준비를 서둘렀다.

엘리자베스가 말했던 열흘이 지났다.

지금쯤이면 변동된 마법진도 자리를 잡았을 터. 이제 두 눈으로 넓어진 영지를 확인하는 일만 남았다.

"엘리자베스, 함께 갈래요?"

레이샤드는 엘리자베스에게 동행을 청했다.

"물론이죠."

엘리자베스가 흔쾌히 고개를 끄덕였다.

레이샤드는 먼저 아돌프에게 영지를 둘러보겠다고 말했다.

가볍게 성 주변을 둘러보는 것이야 아돌프에게 알리지 않아도 상관없지만 이번처럼 멀리 나갈 때에는 총관인 아돌프에게 언질을 주는 게 순서였다.

"흠……. 확장된 영지를 확인하시려는 것이라면 저와 함께 가시지요. 그렇지 않아도 궁금하던 차였습니다."

아돌프가 보던 서류를 덮으며 말했다. 표정을 보아하니 레이샤드가 말리더라도 따라갈 기세였다.

"그래요. 함께 가요."

레이샤드도 망설이지 않고 고개를 끄덕였다.

마법진의 변경으로 넓어진 영지를 확인하는 역사적인 순간이다. 다른 사람도 아닌 아돌프를 빼놓을 수는 없었다.

레이샤드가 아돌프와 함께 나타나자 엘리자베스의 눈매가 살짝 굳어졌다. 아돌프를 방해꾼이라 여긴 것이다.

그러나 아돌프는 군말없이 아스타로트의 옆자리에 섰다.

실력 있는 기사로 알려진 아스타로트의 옆자리가 부담스

럽긴 했지만 아베론 영지의 총관으로서 뒤쳐질 수는 없는 노릇이었다.

"레이, 괜찮겠어요?"

엘리자베스가 레이샤드의 귓가에 속삭이듯 말했다. 그러자 레이샤드가 걱정할 것 없다며 고개를 끄덕였다.

레이샤드는 아돌프에게만큼은 비밀이 없었다.

아돌프는 레이샤드가 유일하게 믿고 의지할 수 있는 가족 같은 존재였다. 또한 행정을 가르쳐 준 스승이기도 했다.

레이샤드는 아돌프에게 마법진의 일을 포함해 골드마크가 언급했던 식물들에 관한 일도 전부 말해주었다.

처음 그 이야기를 들었을 때 아돌프는 적잖게 놀랐다. 놀란 만큼 걱정했다.

정체 모를 브론즈 남작가의 손님들로 인해 아베론 영지가 위험해지는 것은 아닐까 염려했다.

의도는 좋지만 그로 인한 책임은 전부 아베론 영지가 짊어져야만 하는 상황이었다.

만에 하나라도 브론즈 남작가에서 악의적으로 접근한 것이라면 레이샤드가 어렵게 유지하고 있는 황족의 자리에서 쫓겨나게 될지도 몰랐다.

그러나 레이샤드는 지금이야말로 아베론 영지가 발전해야 할 때라고 아돌프를 설득했다.

이 기회를 놓친다면 아베론 영지의 부흥은 불가능하다고 역설했다.

"아베론 영지와 영주님에게 해가 된다고 판단된다면 브론즈 남작가와 인연을 끊으실 수 있으시겠습니까?"

더 이상 레이샤드를 설득할 수 없다고 생각한 아돌프가 최후의 수를 꺼냈다.

일단은 레이샤드와 브론즈 남작가가 주도하는 일들을 지켜보되 옳지 않다고 판단된다면 언제든지 끼어들어 막겠다는 것이다.

"그렇게 해요, 아돌프 경."

레이샤드는 흔쾌히 고개를 끄덕였다.

차마 입 밖으로 말할 수는 없지만 레이샤드는 아돌프를 믿는 것 이상으로 엘리자베스에게 의지하고 있었다.

그렇다 보니 엘리자베스의 도움으로 시작한 일들이 영지나 자신에게 해가 될 것이라고는 조금도 생각하지 않았다.

"잠시만 기다려 주십시오. 다소 먼 길이 될 것 같아서 마차를 준비했습니다."

아돌프가 일행들을 향해 정중한 목소리로 말했다.

얼마 지나지 않아 성의 입구로 사두마차 한 마리가 나타났다.

히히히힝!

네 마리의 말은 엘리자베스 일행을 보자 겁을 먹고 날뛰었다.

기감이 발달한 동물이다 보니 엘리자베스 일행이 얼마나 두려운 존재인지 본능적으로 알아챈 것이다.

그러자 라인하르트가 씩 웃더니 한 발 앞으로 나섰다.

"하하, 말들이 아주 신이 난 모양입니다."

라인하르트는 그럴듯한 말로 상황을 둘러댔다. 그리고는 마나를 끌어올려 겁에 질린 말들을 살살 달래었다.

마기가 퍼진 아베론 영지에서 오랫동안 살아 왔던 탓에 말들은 라인하르트의 마나를 거부감 없이 받아들였다.

날뛰던 말들이 금세 잠잠해졌다. 그러자 레이샤드가 신기하다는 얼굴로 라인하르트를 바라봤다.

"동물들을 잘 다루시네요."

"그저 하찮은 재주를 조금 익히고 있을 뿐입니다."

"언제 시간되시면 저한테도 알려주세요."

"하하. 물론입니다, 영주님."

라인하르트가 사람 좋은 얼굴로 웃어 보였다.

같은 마계의 귀족이긴 하지만 중간계에 적응하는 방식은 아스타로트와 정 반대였다.

"흥."

그런 라인하르트가 마음에 들지 않던지 아스타로트가 나

직이 콧방귀를 뀌었다. 그러나 애석하게도 일행 중 누구도 아스타로트를 신경 쓰지 않았다.

레이샤드를 필두로 엘리자베스와 아돌프, 아스타로트, 라인하르트가 순서대로 마차에 올랐다.

"그럼 출발하겠습니다."

문이 닫히는 걸 확인한 마부가 있는 힘껏 채찍을 내려쳤다.

덜커덩, 하는 소리와 함께 마차가 천천히 지축 위로 미끄러졌다.

4

덜커덩. 덜커덩.

성을 벗어나 낙후된 도로에 접어들면서 사두마차가 요란스럽게 흔들리기 시작했다.

"도로가 많이 훼손된 상태입니다. 그러니 불편하시더라도 조금만 참아주십시오."

아돌프가 레이샤드를 대신해 사정을 전했다. 아베론 영지의 재정이 그리 풍족하지 않기 때문에 낙후된 도로에 대한 보수가 거의 이루어지지 않은 상태였다.

"이 근방에는 사람들이 살지 않나보죠?"

창밖을 내다보던 엘리자베스가 나직이 물었다.

"그렇습니다. 영지민들은 대부분 성 근처에서 살고 있습니다."

아돌프가 씁쓸한 얼굴로 고개를 끄덕였다.

"그럼 저건 뭐죠?"

엘리자베스가 큼지막하게 지어진 건물을 가리키며 물었다. 그녀의 하얗고 가느다란 손가락 끝에는 낡은 건물들이 방치된 채로 놓여 있었다.

건물들은 하나같이 수백 명을 수용하고도 남을 만큼 컸다. 게다가 건물 주변에는 상당히 넓은 공터가 자리 잡고 있었다.

"아, 그건 예전에 군영으로 쓰이던 곳입니다."

아돌프가 창가를 바라보며 대답했다.

"군영이요?"

"네, 100년쯤 전만 하더라도 아베론 영지에는 대규모의 군대가 머무르고 있었습니다."

아베론 영지는 백작령에 준하는 규모로 만들어졌다.

아베론 영지를 대륙 북부의 최종 요새로 삼아 혹시라도 있을지 모르는 마계의 침략에 대응하겠다는 레오니스 제국과 대륙의 방침 때문이었다.

그러나 드래곤 하이아시스와 마법사들이 마계로 통하는 입구를 봉한 이후로 지금껏 마계의 족속들이 쳐들어온 적은 한 번도 없었다.

자연스럽게 아베론 영지의 방어적인 기능은 점점 축소되었다.

그러다 아베론 영지까지 마기에 오염된 이후로는 얼마 남아 있지 않던 대륙 방위군마저 전면 철수해 버리고 말았다.

그렇게 해서 버려진 터만 해도 근방에 수도 없이 많았다.

많을 때는 30만에 달하는 대군이 머물기도 했으니 그들을 수용할 만한 공간도 많을 수밖에 없었다.

문제는 그 건물들이 전부 버려지듯 방치되어 있다는 것이다.

"보수는 하지 않았나 보군요."

엘리자베스가 안타까운 듯 중얼거렸다.

"어쩔 수 없습니다. 영지에는 쓸모가 없는 곳이라서요."

아돌프가 담담하게 말했다.

하지만 실제로는 그 역시도 낙후되어 버려진 시설들을 볼 때마다 가슴이 아팠다.

이웃 영지에서 아베론 영지에 지원해 주는 지원금은 말 그대로 아베론 영지의 운영비였다. 그리고 그 운영비란 불필요한 지출을 전부 제외한, 순수 운영에 필요한 자금만을 의미했다.

그렇다 보니 방치된 건물이나 낙후된 도로를 보수하고 싶어도 그럴 여력이 없었다. 게다가 이 지역은 영지민들이 살지 않는 무인지대였다.

처음 백작령 규모로 건설된 아베론 영지 중 현재 아베론 성이 다스리는 권역은 전체의 20퍼센트 정도이다. 그러나 그 곳들 중 영지민들이 살거나 이용하는 곳은 다시 30퍼센트 정도에 불과했다.

그렇다 보니 아돌프는 마법진을 변경해 영지의 권역을 확장하자는 의견이 썩 달갑지가 않았다.

영지의 주수입원인 구리광이 폐광되었고 그 대체광산을 찾아야 한다는 의견 때문에 마지못해 찬성하긴 했지만 쓸모없는 영지가 지금보다 더 늘어난다는 건 여러모로 골치 아픈 일이었다.

"다 왔습니다."

잠시 상념에 빠진 사이 마차가 멈춰 섰다.

관리들을 태우고 영지를 순찰한 경험이 많다 보니 마부는 옛 권역의 끝자락에 정확하게 마차를 세웠다.

"일단 내리시지요."

아돌프가 하차를 권했다. 무려 100년이 넘도록 마법진에 의해 폐쇄되었던 곳이다.

그곳을 무작정 마차를 끌고 내달릴 수는 없는 노릇이었다.

일행은 차례대로 마차에서 내렸다. 그리고 권역 너머에 펼쳐진 대지를 바라봤다.

권역 밖의 대지는 권역 안과 큰 차이가 없었다.

관리되지 않은 낡은 건물들이 덩그러니 놓여 있었다.

"여기까지가 예전 마법진의 영역이 맞나요?"

엘리자베스가 아돌프를 바라보며 물었다.

"그렇습니다. 마법사를 통해 직접 확인한 영역입니다."

아돌프가 마법사를 언급하며 고개를 끄덕였다.

단순히 육안으로는 눈앞의 대지가 마법진의 보호를 받는지 아닌지 확인하기가 어려웠다.

마법진의 마법 결계가 투명하기 때문에 눈앞에 벽이 세워졌다는 사실조차 인지하기 어려웠다.

게다가 마법진의 영역 밖이라고 해서 마기가 득실거리는 건 아니었다.

마법진의 바로 바깥 지역에는 일종의 완충지역이 형성되어 있었다.

마법진으로부터 발생되는 밀어내는 마나와 북쪽에서 밀고 내려오는 마기가 충돌하면서 마기와 마나가 섞인 혼탁한 지역이 형성된 것이다.

이 완충지역은 마법진에 보호받는 영역과 외관상 큰 차이가 없었다.

유일한 확인법은 직접 체험해 보는 것이었다. 완충 지역에 들어갈 경우 곧바로 짙은 농도의 마기가 들러붙는 게 일반적이었다.

그렇다 보니 단순히 육안만으로는 마법진을 변경한 효과가 있는지 확인할 수가 없었다.

"어떻게 하시겠습니까?"

아돌프가 일행들을 돌아보며 물었다.

만일 병사라도 데리고 왔다면 시범삼아 권역 밖으로 들어가도록 지시했을 것이다. 하지만 이 자리에 모인 건 하나같이 귀족들뿐이었다.

"제가 한 번 들어가 보지요."

아돌프의 속내를 알아챈 라인하르트가 자청하듯 나섰다.

어차피 자신이 손을 본 마법진의 효과를 확인하는 일이다. 아돌프는 물론이고 레이샤드에게 신뢰를 쌓기 위해서라도 주저할 이유가 없었다.

라인하르트는 이렇다 할 마법적인 조치 없이 성큼 성큼 권역 밖으로 걸음을 옮겼다.

그럴 리는 없겠지만 설사 마법진의 효과가 제대로 나타나지 않았다 하더라도 그에게는 별문제가 될 게 없었다.

마족에게 마기란 공기 같은 것. 마기 좀 들이켰다고 해서 이상해질 건 아무것도 없었다.

라인하르트가 권역을 벗어나자 레이샤드의 얼굴에 긴장감이 어렸다.

아돌프까지 함께한 자리다. 만에 하나라도 실수가 있어서는 안 된다.

"걱정 말아요, 레이. 잘될 거예요."

엘리자베스가 격려하듯 레이샤드의 손을 잡아주었다.

처음에는 살짝 차갑던 엘리자베스의 손이 점점 따뜻해졌다. 자연스럽게 레이샤드의 표정도 한결 편해졌다.

그때였다.

권역 밖으로 나갔던 라인하르트가 다시 안쪽으로 되돌아오는 게 보였다.

"어떻게 됐나요? 마법진의 효과가 있나요?"

라인하르트가 결계 안으로 들어오기가 무섭게 레이샤드가 물었다. 그러자 라인하르트가 대답 대신 환하게 웃어 보였다.

그가 직접 수정한 마법진이니 당연한 결과였지만 인간들과 어울려 지내기 위해서는 조금 더 감정을 드러낼 필요가 있었다.

"밖에서 느껴지는 마기의 농도는 이곳과 거의 비슷할 정도입니다. 그러니 걱정 말고 저를 따라 오십시오."

라인하르트가 다시 앞장을 섰다. 그의 뒤로 레이샤드와 엘리자베스가 바짝 따라 붙었다.

라인하르트의 말처럼 결계 밖은 결계 안과 별다른 차이가 없었다. 아니, 애당초 결계가 있을 것이라 여겼던 곳에는 결계가 없었다.

라인하르트가 마법진을 수정하면서 마법 결계가 바깥쪽으로 뻗어 나갔기 때문이다.

위험하다고 여겼던 결계 밖이나 안전하다고 생각했던 결계 안 모두 결과적으로 한 공간이었던 셈이다.

"그럼 수정된 마법진이 제대로 작동하고 있다고 봐도 되는 거죠?"

레이샤드가 상기된 얼굴로 아돌프를 바라봤다.

"조금 더 확인해 봐야겠지만…… 지금으로서는 그런 것 같습니다."

아돌프가 마지못해 고개를 끄덕였다.

"영주님, 어떻게 하시겠습니까? 수정된 마법진이 제대로 작동하고 있다면 새로운 마법 결계까지는 상당히 걸어가야 할 것 같은데요."

라인하르트가 슬쩍 끼어들었다.

라인하르트는 예전보다 2배나 넓은 영역을 보호하도록 마법진을 변경해 놓았다.

새로운 결계까지는 아베론 성에서 예전 결계까지의 거리만큼을 더 나아가야 했다.

꼼꼼한 아돌프의 성격상 일일이 눈으로 보면서 확인하길 바랄 것이다. 하지만 그랬다간 새로운 권역을 다 확인하기 전에 날이 저물고 말 터였다.

"엘리자베스도 있는데 마차를 타고 가요."

레이샤드가 여자인 엘리자베스를 먼저 챙겼다.

육체적인 능력이라면 그 어떤 마족들과 비교해도 부족함이 없는 엘리자베스였지만 레이샤드의 눈에는 오래 걸으면 다리가 퉁퉁 부어오를 것 같은 연약한 여자에 불과했다.

"아주 좋으신 생각이십니다. 저도 그 먼 거리를 걸어가면 어떻게 하나 내심 걱정했거든요."

라인하르트가 능청스럽게 맞장구를 쳤다. 그러면서 슬쩍 아돌프에게 눈치를 주었다.

"영주님의 뜻이 그러하시다면…… 다시 마차를 준비시키겠습니다."

아돌프가 내키지 않은 얼굴로 말했다.

레이샤드와 라인하르트의 말뜻을 모르는 바는 아니지만 만에 하나라도 마차를 타고 가다가 권역을 지나치기라도 한다면 큰일이 아닐 수 없었다.

그러자 라인하르트가 마치 아돌프의 속마음을 꿰뚫어 보기라도 한 듯 말을 덧붙였다.

"참, 마차는 제가 몰겠습니다. 마법사인 제가 마차를 몰아야 만에 하나라도 권역을 넘지 않을 테니까요."

"아닙니다. 어찌 손님께 그런 일을 맡기겠습니까."

"하하. 저는 괜찮습니다. 그리고 마부가 무턱대고 달리다가 권역을 넘기라도 하면 큰일이지 않겠습니까?"

"그렇다면…… 부탁드립니다."

아돌프는 그제야 조금 마음이 놓였다.

라인하르트가 저렇듯 자신만만해하고 있으니 권역을 지나치는 실수는 하지 않을 것이라고 여겼다.

레이샤드 일행은 다시 마차에 올라탔다. 마부석에는 마부 대신 라인하르트가 앉았다.

"다들 성격이 고약합니다. 그러니 부디 조심하십시오."

마부가 걱정스런 목소리로 말했다.

지금껏 자신 이외에는 다른 누구도 마차를 몬 적이 없다 보니 라인하르트가 제대로 마차를 몰 수 있을지 의문이었다.

그러나 마법의 공작이라 불리는 라인하르트에게 마차를 모는 일쯤은 간단한 일이었다.

라인하르트는 은밀히 마나를 일으켜 말들에게 복종 마법을 걸었다.

그러자 말들이 하나같이 머리를 낮추었다. 라인하르트를 자신보다 강한 존재라고 인식한 것이다.

"이럇!"

라인하르트가 가볍게 고삐를 잡아당기자 멈춰 섰던 말들이 천천히 앞으로 걸어 나가기 시작했다.

마부처럼 채찍을 휘두르며 독려할 필요도 없었다. 그저 말고삐를 조금씩 움직이는 것만으로도 말들은 고분고분 라인하르트의 지시를 따랐다.

그렇게 마차는 예전 권역을 지나쳐 새로운 권역을 향해 빠르게 내달렸다.

제12장

영지의 성장 Part 3

1

"왠지 모르게 으스스하네요."

새로운 권역을 둘러본 레이샤드가 나직이 중얼거렸다.

100년이 넘는 시간 동안 마기에 잠식당해 있었던 탓일까.
옛 마법 결계의 밖은 황폐해질 대로 황폐해져 있었다.

보이는 건물들은 하나같이 위태롭게 느껴졌다. 툭 하거 건
드리면 당장에라도 와르르 무너져 내릴 것만 같았다.

대지는 시커먼 풀들이 뒤덮고 있었다.

오래전에 잘 닦아놓았던 길도 갈라지고 부서져 엉망진창
으로 변해 있었다.

"흐음……."

참상을 바라보는 아돌프의 입에서도 무거운 한숨이 흘러
나왔다.

이곳을 보수하려면 얼마나 많은 재화와 시간이 소요가 될
까. 그저 생각하는 것만으로도 머릿속이 지끈거릴 지경이었다.

달가닥. 달가닥.

마차는 그 뒤로도 한참을 더 내달렸다. 그리고 한때 백만의
인구를 수용했던 대규모 거주지를 가로지르고서야 마차는 새
로워진 결계 앞에 멈춰 설 수 있었다.

"여깁니다."

마법진의 마나에 민감해진 말들을 진정시키며 라인하르트
가 도착을 알렸다.

일행들은 순서대로 마차에서 내렸다. 그리고는 굳어진 얼
굴로 결계 너머를 바라봤다.

결계 바깥쪽은 깊은 밤처럼 검게 물들어 있었다.

존재하는 모든 게 짙고 사나운 어둠에 휩싸여 있었다. 그
너머에 무엇이 있는지는 짐작조차 하기 어려웠다.

레이샤드는 자신도 모르게 마른침을 꿀꺽 삼켰다. 결계 밖
은 마치 세상의 끝 같은 느낌이었다.

저곳이 자신이 발을 디디고 선 이곳과 이어져 있다는 게 믿
기지 않을 정도였다.

"아무래도 변경된 마법진이 아직까지는 제 효과를 발휘하지 못하는 것 같습니다."

아돌프가 나직이 상황을 설명했다. 그의 말처럼 새로운 결계 너머에는 아직 완충지대가 형성되지 않고 있었다.

마법진이 정상 작동한다면 마기가 결계에 부딪쳐 되돌아가면서 마기의 농도가 옅어져야 했다. 하지만 지금은 마기가 바로 코앞까지 넘실거리고 있었다.

대지를 집어삼킨 마기를 직접 본다는 건 그다지 유쾌하지 않은 경험이었다.

그러나 덕분에 마법진의 확장만큼은 제대로 이루어졌다는 사실을 명확하게 확인할 수 있었다.

"이제 어떻게 하시겠습니까?"

아돌프가 레이샤드를 바라보며 말했다.

마법진을 확인했으니 다른 지역을 더 돌아볼 것인지 아니면 이대로 아베론 성으로 돌아갈 것인지를 결정해야 했다.

아돌프는 가급적이면 레이샤드가 아베론 성으로 돌아가 주길 바랐다. 그 역시도 아베론 성으로 가서 다급히 확인해야 할 일이 생겼다.

그러나 레이샤드는 이대로 돌아가고 싶지 않았다. 마법진이 확장되었다는 것을 확인했으니 그다음은 흑철광을 찾아야 했다.

"여기까지 왔으니까 우리 광산을 찾으러 가요."

레이샤드가 기다렸다는 듯이 말했다. 그러자 아돌프의 표정이 당혹스럽게 변했다.

"광산…… 이요?"

마법진을 조정하면서까지 영지의 지배 권역을 넓혔던 것은 영지 어딘가에 매장되어 있을 흑철광산을 찾기 위해서였다.

영지가 안정적으로 확장됐다는 사실을 확인했으니 광산을 찾는 건 당연한 수순이었다.

하지만 실제로 매장지를 찾는 일은 말처럼 간단한 일이 아니었다. 새로운 광산을 찾기 위해서는 전문가를 비롯한 전문 인력이 필요했다.

그들이 아무 걱정 없이 조사에 임할 수 있도록 모든 지원을 아끼지 않더라도 최소 몇 개월은 소요되는 일이었다.

"영주님."

아놀드는 입 밖으로 터져 나오려는 말을 어렵게 되삼켰다. 레이샤드의 급한 마음을 모르는 바는 아니지만 준비도 없이 광산을 찾는다는 건 무의미한 짓이었다. 그저 시간만 낭비할 뿐이라고 여겼다.

하지만 레이샤드도 아무 생각 없이 흑철광산을 찾자고 말한 것은 아니었다.

마법에 일가견이 있는 라인하르트라면 흑철의 매장지도

알아내 줄 것이라 막연히 기대를 한 것이다.

"라인하르트, 혹시 광산도 찾을 수 있어요?"

레이샤드가 라인하르트를 바라보며 물었다.

"광산 말씀이십니까?"

라인하르트는 대답 대신 엘리자베스를 바라봤다. 중간계에서 자신의 능력을 어디까지 공개해야 할지 다소 고민스러운 모양이었다.

엘리자베스는 가만히 고개를 끄덕였다. 지금 아베론 영지는 변화가 필요한 시점이었다.

영지를 확장하고 농경지를 회생시키는 것뿐만 아니라 새로운 광산도 필요했다.

그것을 도울 수 있는 기회가 생겼는데 망설일 이유는 전혀 없었다.

이미 인간 마법사들조차 쉽게 덤벼들지 못하는 마법진 문제를 홀로 해결하면서 라인하르트에 대한 기대치는 상당히 높아진 상황이었다.

이제 와 자신 없다고 발을 뺀다면 그 능력조차 의심받게 될지 몰랐다.

"쉽지 않은 일이긴 하지만 한번 해보겠습니다."

라인하르트가 가볍게 웃으며 말했다. 그 말을 기다렸다는 듯 레이샤드가 힘껏 고개를 끄덕였다.

"아돌프 경, 광산 개발자를 다시 부르려면 시간과 돈이 필요하잖아요. 그러니까 라인하르트에게 한번 맡겨 봐요."

레이샤드는 다시 아돌프를 설득했다.

"후우……. 영주님의 뜻이 정 그러시다면……."

아돌프는 마지못해 고개를 끄덕였다. 그리고는 의미심장한 눈으로 라인하르트를 바라봤다.

레이샤드는 물론이고 관리들이 마법진 확장에 열을 올리면서 아돌프도 개인적으로 빛의 마탑 북부 지부에 서신을 보내 놓은 상태였다.

평소 친분이 있던 마법사에게 정중하게 도움을 요청하기 위해서였다. 아돌프는 마법사가 자신의 부탁을 매정히 거절하지는 않을 것이라 여겼다.

하지만 정작 마법사는 아돌프의 청을 받아줄 수가 없었다. 단순히 내부적인 사정 때문만은 아니었다.

아베론 성의 마법진을 구조적으로 변경할 수 있는 마법사가 빛의 마탑 북부 지부에 없기 때문이다.

마법사는 아베론 성의 마법진을 자의적으로 변경할 수 있는 건 대륙에서도 손꼽히는 마법 실력을 갖춘 최고위 마법사들뿐이라고 단언했다.

빛의 마탑에서도 도와주려 하지 않는 게 아니라 실제로는 도와주지 못하는 것뿐이라고 해명했다.

그래서 아돌프는 라인하르트가 마법진을 변경했다는 사실을 알았을 때에도 큰 기대를 하지 않았다.

마법진을 변경하는 최고의 마법사들만이 가능한 일이었다. 그것을 고작 20대로밖에 보이지 않는 젊은 라인하르트가 해낼 것이라고는 생각할 수 없었다.

그러나 아돌프의 예상은 보기 좋게 빗나갔다. 놀랍게도 라인하르트가 마법진을 수정한 결과 아베론 영지의 권역이 정말로 늘어난 것이다.

그렇다 보니 자연스럽게 아돌프의 머릿속은 복잡해졌다. 마법진의 결계가 확장되었다는 것은 라인하르트가 대륙 최고 수준의 마법사라는 사실을 의미했다.

남작가에 불과한 브론즈 가문에서 어떻게 이런 대단한 마법사를 양성했는지는 모르겠지만 그 실력만큼은 인정하지 않을 수 없게 된 것이다.

그래서 아돌프는 라인하르트가 흑철광산을 발견할 수 있을지 관심이 생겼다.

수준 높은 마법사들의 경우 고레벨의 탐사 마법을 이용해 광산을 발견하기도 한다는 이야기는 어디선가 들은 적이 있었다.

만일 라인하르트가 흑철광마저 발견해 낸다면 그의 실력이 마법사들 중에서도 손꼽힐 정도라는 건 의심의 여지가 없어지는 셈이다.

그래서 아돌프는 아베론 성에 돌아가는 대로 브론즈 가문에 대해 보다 면밀한 조사를 할 생각이었다.

지금까지 아돌프는 브론즈 남작가 레이샤드와 인연이 깊은 제국의 귀족 가문이라고만 여겼다.

하지만 이토록 대단한 마법사를 부릴 정도라면 그 인연이 어떠한 것인지, 어떤 의도로 아베론 영지에 온 것인지 정확하게 알아볼 필요가 있었다.

설사 라인하르트가 흑철광을 발견해 내지 못하더라도 아돌프의 결심은 달라지지 않았다.

그가 생각하기에 흑철광산을 발견하는 것보다 마법진을 아무 문제없이 변경하는 게 훨씬 어려운 일처럼 느껴졌다.

게다가 만일 라인하르트가 부담을 느끼고 실력을 숨기려 한다면 그것은 그 나름대로 의심해 봐야 할 문제였다.

그런 아돌프의 속내를 읽기라도 한 듯 라인하르트는 어렵지 않게 흑철광이 매장된 지역을 발견해 냈다.

마계 마족들 중 마법에 가장 정통하다고 알려진 그에게 광산을 찾기란 너무나도 쉬운 일이었다.

"저깁니다."

라인하르트가 검은 풀로 뒤덮인 산을 가리키며 말했다.

단순히 겉모습만 보기에는 버려진 야산(野山)이나 다를 게 없었다.

그러나 그 속에는 아베론 영지를 당장 일으켜 세울 만한 막대한 양의 흑철이 매장되어 있었다.

"저기란 말이죠?"

레이샤드가 라인하르트의 손가락 끝을 좇으며 눈을 반짝였다. 그토록 바라던 흑철 광산이 이토록 가까이에 있을 것이라고는 미처 생각지 못한 얼굴이었다.

"정말 저곳에 흑철이 매장되어 있습니까?"

잠자코 있던 아돌프가 확인하듯 물었다. 그러자 라인하르트가 씩 웃으며 말했다.

"못 미더우시면 내일이라도 당장 파 보십시오."

아돌프는 일단 고개를 끄덕이고 물러났다. 라인하르트의 마법 실력이 진짜라면 그의 말도 틀리진 않을 것이라 여겼다.

"흑철광도 찾았으니까 이제 성으로 돌아가요."

레이샤드가 어스름해진 하늘을 올려다보며 말했다. 새로 확장된 영지의 끝까지 내달린 탓에 하늘은 벌써 붉은 노을로 물들어 있었다.

일행들은 서둘러 마차에 올라탔다. 라인하르트는 이번에도 마부석에 앉아 마부와 헤어졌던 곳으로 부지런히 말을 몰았다.

그렇게 한참을 내달리자 나무 그루터기 위에 앉아 꾸벅꾸

벅 졸고 있던 마부의 모습이 들어왔다.

"여기서부터는 자네가 몰게."

라인하르트가 마부석을 마부에게 내주었다. 마부는 제 뺨을 때려 잠을 쫓고는 냉큼 마부석에 올랐다.

"자, 그럼 갑니다요."

마부가 힘차게 채찍을 휘둘렀다.

히히히힝.

라인하르트의 마법에서 풀려난 말들이 그제야 요란스럽게 울음을 터뜨렸다.

2

아베론 성에 도착하기가 무섭게 아돌프는 가장 먼저 헬레나부터 찾았다.

다른 사람도 아닌 그녀라면 브론즈 남작가에 대해 뭔가 이야기를 해줄 것이라 여겼다.

"그렇지 않아도 영지에 손님으로 와 계시다는 이야기를 들었습니다. 몸이 불편하다는 핑계로 자리에만 누워 있어서 부끄럽습니다."

병상에 누운 헬레나가 아돌프에게 미안한 마음을 전했다.

그녀의 말처럼 브론즈 남작가 일행에 대한 접대는 아베론 성의 안주인인 그녀가 전담해서 챙기는 게 옳았다.

하지만 그녀가 방을 벗어나지 못하기 때문에 레이샤드와 아돌프가 손님 접대를 도맡고 있었다.

헬레나는 레이샤드보다는 아돌프가 고생이 많을 것이라 여겼다.

하지만 정작 브론즈 남작가를 전담하는 건 아돌프가 아니라 레이샤드였다.

"그런 말씀 마십시오. 헬레나님을 대신해 영주님께서 손님들을 잘 대접하고 계십니다. 그러니 걱정하지 않으셔도 될 것 같습니다."

아돌프가 웃으며 진실을 전했다. 그러자 헬레나가 전혀 몰랐다며 놀란 표정을 지었다.

"레이샤드가 정말로 손님 접대를 잘하고 있나요?"

"그럼요. 영주님은 전하를 닮으셔서 친절하시고 배려심이 깊으시답니다."

"그럼 영지 일은 아돌프 경께서 전부 처리하고 계시겠군요."

"아닙니다. 영주님께서는 손님 접대는 물론이고 정무까지 차질 없이 해내시고 계십니다."

"그게 정말인가요?"

오랜만에 레이샤드의 일상을 전해들은 헬레나는 기쁜 표정이었다.

더욱이 레이샤드가 영주의 임무를 잘 수행하고 있다니 창백하던 얼굴에 화색마저 돌았다.

하지만 아돌프는 레이샤드의 이야기를 전하기 위해 헬레나를 찾은 게 아니었다.

"그런데 헬레나님, 하르베스 전하께서 브론즈 남작가와 따로 친분을 가지고 계셨습니까?"

아돌프가 조심스럽게 물었다.

자신이 브론즈 남작가를 오해하고 있다는 사실을 들키지 않도록 최대한 돌려 말했다.

그러자 헬레나가 고개를 갸웃거렸다.

그렇지 않아도 아돌프가 오면 그 점에 대해 물어보려던 참이었다.

"전하께서 생전에 브론즈 남작가에 대해 말씀하신 적은 없어요."

"헬레나님께서도 아시는 게 없으십니까?"

"저도 딱히 들어본 적은 없어요. 아시다시피 제국에는 워낙 많은 가문이 있으니까요."

"흐음……. 그러시군요."

"그런데 브론즈 가문에서 어떻게 알고 우리 영지를 찾은 거죠? 레이샤드와 친분이 있던 건가요?"

헬레나가 아돌프를 바라보며 물었다.

그러자 역으로 질문을 받게 된 아돌프가 멋쩍게 웃으며 둘러댔다.

"아무래도 그런 모양입니다. 최근 들어 영주님께서 주변 영주들과 교분을 넓히고 계셨으니까요."

"그런가요? 그렇다면 좋은 일이네요."

헬레나는 이번에도 웃어 보였다.

마냥 어린 줄로만 알았던 레이샤드가 다른 귀족들과 친분을 쌓고 있다는 게 기특한 모양이었다.

하지만 아돌프는 차마 따라 웃을 수가 없었다.

어느 정도 예상은 했지만 역시나 하르베스 폐황태자나 헬레나는 브론즈 남작가와 아무런 연관 관계가 없었다.

물론 자신이 둘러댄 말처럼 레이샤드가 정말로 브론즈 남작가를 알고 있었는지도 모를 일이었다. 하지만 그럴 가능성은 그리 높지 않아 보였다.

아돌프는 레이샤드에 관해서만큼은 모르는 게 없다고 자신하고 있었다.

만일 레이샤드가 브론즈 남작가와 친분이 있었다면 자신이 몰랐을 리 없었다. 그 사실을 자신에게 설명하지 않을 이유도 없었다.

그렇다 보니 아돌프는 레이샤드가 자신 몰래 브론즈 남작가와 연락을 주고받았을 가능성은 없다고 단정 지었다.

그렇다고 눈에 보이는 레이샤드와 브론즈 남작가 사이의
친분을 무시할 수도 없는 노릇이었다.

어찌 된 인연인지는 모르겠지만 레이샤드는 분명 지인을
대하듯 브론즈 남작가의 사람들을 대하고 있었다.

단순히 손님을 접대하는 차원이 아니었다.

모르는 이가 봤다면 여러 해는 알고 지냈을 것이라고 오해
를 할 정도였다.

"흠……."

집무실로 돌아온 이후에도 아돌프의 고민은 계속되었다.
처리해야 할 서류들이 아직 많이 남아 있었지만 일이 손에 잡
히지 않았다.

마음 같아서는 당장에라도 레이샤드를 찾아가 브론즈 남
작가와의 관계에 대해 캐묻고 싶었다.

하지만 그랬다간 브론즈 남작가를 못마땅하게 여긴다는
인상을 심어줄 수 있었다.

비록 영특하게 영주의 역할을 잘해내고 있긴 해도 레이샤
드는 아직 어렸다.

이런 일로 감정이 틀어질 경우 자신에 대한 반감이나 불신
이 생길지도 모를 일이었다.

"침착하자."

아돌프가 크게 숨을 들이켰다. 그리고 냉정하게 상황들을

되짚어 보았다.

브론즈 남작가가 아베론 영지에 온 이후로 지금껏 이렇다 할 문제는 벌어지지 않았다. 오히려 영지에 이득이 되는 일들이 적잖게 생겼다.

재정에 큰 도움이 될 수 있는 주먹만 한 금덩어리를 받았고 브론즈 가문에 소속된 마법사 덕분에 마법진을 변경했으며 막연히 영지 어딘가에 존재할 것이라고만 여겼던 흑철광의 위치까지 찾았다. 이쯤하면 평범한 손님이 아니라 귀빈이라 봐도 무방했다.

하지만 아돌프는 이 모든 일을 단순히 우연이라 여기고 싶지 않았다. 분명 그만한 이유가 있기 때문에 일어난 일들이라고 판단했다.

"분명 다른 의도가 있다."

아돌프는 이내 펜을 들었다. 그리고 같은 내용의 서신을 두 장 적었다.

하나는 친분이 있는 빛의 마탑 북부 지부에 있는 마법사에게. 다른 하나는 가끔씩 제국의 정보를 물을 때 이용했던 정보 길드에게.

각기 다른 봉투에 서신을 집어넣은 뒤 아돌프는 영지의 병사 하나를 불렀다. 그리고 두 통의 서신을 내밀었다.

"이걸 포인트 상단에 전해 주게."

아돌프가 심각한 얼굴로 말했다.

"지금…… 말입니까?"

병사가 슬쩍 창밖을 바라봤다. 해가 저문 아베론 영지에는 짙은 어둠이 내리깔려 있었다.

"내일 아침 날이 밝는 대로 출발하게."

살짝 미간을 찌푸리던 아돌프가 목소리를 낮췄다. 그제야 상황의 심각성을 인식한 듯 병사가 고개를 끄덕였다.

"이제 답변을 기다리기만 하면 되는 것인가."

병사를 내보내며 아돌프가 나직이 중얼거렸다.

적어도 두 통의 서신에 대한 답장이 돌아올 때 즈음이면 브론즈 남작가가 어째서 아베론 영지를 방문했는지에 대한 최소한의 정보는 얻을 수 있을 것이라 여겼다.

그러나 아돌프는 알지 못했다. 그의 일거수일투족이 누군가에게 감시당하고 있음을 말이다.

"아무래도 아돌프 총관이 우리의 정체를 의심하는 것 같습니다."

아르메스가 감고 있던 눈을 뜨며 말했다. 최고위 마족인 그에게는 특정 공간의 상황을 살필 수 있는 공간 감시능력이 있었다.

"어쩐지. 나를 심상치 않게 바라보는 눈빛이 수상쩍다 했어."

자리에 앉아 있던 라인하르트가 그럴 줄 알았다며 웃음을 흘렸다.

하기야 갑작스럽게 나타난 손님이라는 자들 중 한 사람이 대륙 최고의 마법 실력을 뽐낸다면 자신이라 하더라도 의심을 할 것 같았다.

"어찌할까요? 아돌프 총관을 세뇌라도 시킬까요?"

라인하르트가 엘리자베스를 바라보며 말했다.

만일 그녀가 원한다면 인간 하나 세뇌시키는 것쯤은 어려운 일이 아니었다.

하지만 엘리자베스는 세차게 고개를 흔들었다.

세뇌를 통해 종으로 부릴 생각이었다면 지금처럼 번거로운 방법으로 레이샤드의 곁에 남아 있지는 않았을 것이다.

"라인하르트, 우리는 언제든 마계로 돌아갈 수 있다는 사실을 명심해요. 그때가 오더라도 인간들에게는 아무런 문제가 없어야 해요."

시험의 궁에 들어온 시험자는 자신이 선택한 마신으로부터 능력을 부여받을 수 있다. 그리고 마신은 시험자의 삶을 통해 대리적인 만족을 느끼게 된다.

현재 엘리자베스는 마신들이 부여하는 능력을 대신해 레이샤드의 곁에 머물러 있다.

그렇다 보니 그녀가 관여할 수 있는 건 레이샤드의 삶뿐이다. 다른 이들의 삶에 함부로 관여했다간 천계가 가만있지 않을 터였다.

"하하. 그냥 한번 해본 소리입니다."

라인하르트가 멋쩍게 웃었다. 말을 하긴 했지만 그 역시도 아돌프를 세뇌시킬 마음이 추호도 없었다.

"알. 이번 일은 알이 알아서 처리하도록 해. 불필요한 간섭은 최소로 해야 한다는 거 잊지 말고."

엘리자베스가 아르메스에게 임무를 맡겼다.

"걱정하지 마십시오, 황녀님. 제가 알아서 깔끔하게 처리하겠습니다."

아르메스가 슬쩍 미소를 보였다. 그렇지 않아도 아베론 성에만 머무는 게 답답했는데 잘됐다는 표정이었다.

"그건 그렇고 이제 뭘 하죠?"

라인하르트가 심심하다는 얼굴로 말했다.

아베론 영지의 최대 고민거리였던 마법진 문제와 흑철광석 문제가 동시에 해결이 된 상태였으니 당장 나서서 할 만한 일이 많지 않았다.

라인하르트는 엘리자베스를 따라 나선 다섯 마족 중 가장 활동적인 마족이었다. 그렇다 보니 가만히 있는 것 자체를 못 견뎌했다.

"그렇지 않아도 라인하르트에게 맡길 일이 있었어요."

엘리자베스가 씩 웃으며 말했다. 마치 라인하르트가 좀이

쑤셔 할 줄 알고 있었다는 듯이 말이다.

그러자 라인하르트가 냉큼 미끼를 집어 물었다.

"무엇이든 맡겨만 주십시오. 황녀님."

라인하르트가 씩 웃으며 말했다.

엘리자베스가 어떤 일을 주문하던 마법을 통해 해결할 수 있는 일이라면 마다할 생각이 없었다.

"골드마크가 아베론 영지의 농경지에 심을 만한 마계 식물들을 찾아냈어요. 문제는 인간들의 기준에는 적합하지 않는 외형이에요. 이대로는 농경지에 심을 수가 없어요."

엘리자베스가 아공간 속으로 손을 뻗었다. 그리고는 뭔가를 움켜잡고 바닥에 내던졌다.

그것은 브리츠와 라흐만, 알로아 식물이었다. 마계에서 바로 가져온 듯 핏빛 꽃잎이 도드라지게 피어 있었다.

"아……! 무슨 말씀인지 잘 알겠습니다. 확실히 이 녀석들을 키웠다가는 쓸데없는 오해 받기 십상이겠지요."

라인하르트가 이해한다며 고개를 끄덕였다.

대륙의 식물들은 대부분 초록색을 띠고 있었다.

반면 마계의 식물들은 달랐다. 마기를 흡수하며 생장하다 보니 대부분 마계를 상징하는 붉은색을 드러내고 있었다.

"농경지에 심을 수 있도록 만들 수 있겠어요?"

엘리자베스가 라인하르트를 바라봤다.

"물론입니다. 오늘 밤 안으로 끝마치겠습니다."

라인하르트가 자신만만한 얼굴로 고개를 끄덕였다.

"알겠지만 대륙에는 존재하지 않는 식물들이에요. 나중에 다른 말들이 나올 수 있어요."

엘리자베스가 또 다른 문제점을 지적했다.

마계의 식물들을 통해 농경지를 정상화할 경우 분명 많은 이가 그 비결을 궁금해할 것이다.

그때에 식물들을 공개하더라도 아무 탈이 없도록 만들 필요가 있었다.

"그런 일이라면 걱정하지 마십시오. 제가 다 알아서 하겠습니다."

라인하르트가 자신만만한 목소리로 말했다.

그 정도 일쯤이야 약간의 조작만 가한다면 충분히 해결할 수 있었다.

라인하르트는 일단 식물들을 자신의 아공간 속에 집어넣었다. 그리고 곧장 자신에게 배정된 방으로 향했다.

"잠겨라."

방 안으로 들어선 라인하르트는 가장 먼저 문을 잠갔다. 마법으로 봉쇄를 해놓았으니 설사 누군가 열쇠를 가지고 문을 열려 하더라도 문이 열릴 염려는 없었다.

그다음으로 라인하르트는 다시 아공간을 열었다. 그리고

그 속에서 사람 머리 크기만 한 구형 물체를 꺼냈다.

"오랜만에 마법 실험을 해보실까?"

피식 웃던 라인하르트가 구체(球體)를 양손으로 붙잡고 천천히 마력을 불어넣었다. 그 순간,

후아아아앗!

구체가 눈부신 빛을 뿜어 대더니 라인하르트의 몸을 단숨에 집어삼켜 버렸다.

구체의 내부는 흡사 드래곤의 레어를 방불케 할 만큼 넓고 거대했다. 그 안에는 라인하르트가 수집하고 만든 수많은 마법 물품이 가득 채워져 있었다.

아공간 실험실.

이곳은 라인하르트가 오랜 세월을 연구한 끝에 만들어낸 특별한 실험실이었다.

언제 어디서나 필요하면 불러낼 수 있도록 아공간의 특성을 살려 만든 것이었다.

라인하르트는 다시 아공간을 열어 마계의 식물들을 꺼냈다. 구체에 흐르는 짙은 마기를 느낀 것일까. 축 늘어져 있던 마계의 식물들이 언제 그랬냐는 듯 사나운 이빨을 드러냈다.

하지만 라인하르트는 눈 하나 깜짝하지 않았다. 그저 가볍게 마나를 끌어 올리는 것만으로 사납던 마계의 식물들을 기절시켜 버렸다.

"시건방진 것들."

라인하르트가 보란 듯이 입가를 비틀어 올렸다.

다소 유순해 보이는 외형 때문에 수많은 마족이 겁도 없이 덤벼들곤 했지만 그의 실력은 감히 마신들조차 무시하지 못할 정도였다.

엘리자베스의 곁을 지키고 있는 아스타로트가 지나치게 강할 뿐이지 라인하르트도 대륙의 왕국에 버금가는 넓은 영지에서 왕처럼 군림하며 살아 왔다. 그렇다 보니 하극상에 대해서는 용납하는 법이 없었다.

라인하르트는 축 늘어진 마계의 식물들을 들고 107번이라 쓰인 방으로 들어갔다.

107번 방은 뭐든지 빠르게 생장하도록 만들어진 마법의 방이었다.

식물은 물론이고 동물의 생장에도 탁월한 효과를 발휘하도록 이루어져 있었다.

라인하르트는 107번 방 안에 신경질적으로 식물들을 던져 넣었다. 그리고는 귀찮다며 손을 툭툭 털어냈다.

그 순간,

우우우웅!

107번 방을 가득 채웠던 마기가 요란스럽게 울어대기 시작했다.

그러더니 방 안을 마계 식물들이 생장할 수 있는 최적의 환경으로 바꿔 버렸다.

"빨리빨리 자라는 게 좋을 거다."

협박처럼 나직이 중얼거리며 라인하르트가 107번 방의 문을 닫았다. 그리고 방 밖에서 잠시 기다린 뒤에 다시 107번 방문을 열었다.

놀랍게도 잠깐 사이에 107번 방 안에는 세 종류의 식물이 가득 채워져 있었다.

"좋아. 좋아. 이래야지."

107번 방 안을 둘러보던 라인하르트가 만족스러운 듯 고개를 끄덕였다. 그리고는 어딘가를 향해 가볍게 손뼉을 두드렸다.

그러자 실험실 안쪽에서 나체의 여자 열두 명이 줄줄이 걸어 나왔다.

"부르셨습니까, 주인님."

"부르셨습니까, 주인님."

여자들이 동시에 라인하르트를 향해 몸을 낮췄다.

아무것도 입지 않은 탓에 다소 민망한 모습들이었지만 라인하르트는 별다른 동요도 하지 않았다.

외형만 인간을 닮았을 뿐 그녀들은 마법으로 만들어낸 생명체이기 때문이었다.

"네 명씩 짝을 이뤄서 이 녀석들과 궁합이 맞는 식물들을 찾아내. 조건은 125번부터 128번방까지. 시간이 없으니까 3번 실험실을 쓰도록 하고. 자! 서둘러! 어서!'

라인하르트의 지시에 여자들이 일사분란하게 움직였다.

125번부터 128번방에는 인간들의 마법 실험을 위해 라인하르트가 재배해 놓은 대륙의 식물들이 잔뜩 심어져 있었다.

여자들은 순서대로 방 안에 있는 식물들을 자신들의 아공간 속에 집어넣었다.

마법 실험을 보조하기 위해 만든 생명체다 보니 여자들은 각기 자신만의 아공간을 가지고 있었다.

그렇게 수만 종의 식물을 채집한 뒤 여자들은 3번 실험실로 향했다.

3번 실험실은 시간의 흐름이 무척이나 빠르게 흐르는 곳이었다. 그 안에서의 1년은 밖에서의 10분과 같았다.

3번 실험실 안에 들어가서도 여자들은 라인하르트에게 부여받은 생장 촉진 마법을 활용해 식물들의 교배 및 생장 속도를 단축시켰다.

그렇게 다시 3시간이 흘렀다. 그리고 실험을 마친 여자들이 우르르 모습을 드러냈다.

"주인님, 명령하신 식물들을 찾았습니다."

"주인님, 명령하신 식물들을 찾았습니다."

여자들은 탁자 위에 궁합이 맞는 식물들을 차례대로 올려

놓았다.

"어디 볼까?"

한가롭게 차를 마시고 있던 라인하르트가 찬찬히 식물들을 살폈다.

브리츠와 교배가 가능한 식물은 총 76종이었다.

라흐만과 교배가 가능한 식물은 65종. 알로아와 교배가 가능한 식물은 37종이었다.

"이제 됐으니까 너희 셋만 남고 그만 돌아가 봐."

라인하르트는 아홉 명의 여자를 실험실 안쪽으로 돌려보냈다. 그리고 나머지 세 명의 여자와 함께 교배 실험을 시작했다.

인간 마법사였다면 서두르지 않고 차례대로 교배를 진행했을 것이다.

하지만 마계 제일의 마법 실력과 그에 못지않은 명석한 두뇌를 자랑하는 라인하르트에게 세 식물의 교배를 동시에 진행하는 건 어려운 일이 아니었다.

라인하르트는 세 여자에게 107번 방에서 브리츠와 라흐만, 알로아를 가져오라 명했다.

세 여자는 발 빠르게 움직여 라인하르트의 옆에 세 식물을 가득 쌓아놓았다.

라인하르트는 뒤이어 브리츠와 라흐만, 알로아를 궁합이

맞는 식물과 한 쌍으로 묶었다. 그리고 마법을 통해 그것들을 동시에 교배시켰다.

스아아아앗!

생장 촉진 마법 덕분에 교배 식물은 빠르게 성장하기 시작했다.

하지만 최종적으로 성장된 모습은 라인하르트의 까다로운 심미안으로 봤을 때 만족스럽지가 않았다.

"이건 도저히 안 되겠군."

라인하르트가 실패한 교배종들을 저쪽으로 밀쳐놓았다. 그러자 여자들이 다가와 교배종들을 마법으로 깨끗이 분해시켜버렸다.

라인하르트는 같은 방식으로 교배 실험을 지속해 나갔다. 그렇게 열 번째 교배가 끝이 났을 때 비로소 마음에 드는 라흐만 교배종을 얻을 수 있었다.

"흠……."

라흐만 교배종을 이리저리 살피던 라인하르트가 이내 고개를 끄덕거렸다.

라흐만 교배종은 대륙의 식물들과 비슷한 크기였다. 이파리가 다소 크고 줄기에 불그스름한 색이 남아 있긴 했지만 그 정도는 특색으로 봐도 무방할 정도였다.

게다가 마계의 식물과 교배된 것답게 꽃이 상당히 매력적으로 피어 있었다.

인간들은 꽃이 예쁘면 설사 독성을 머금었다 하더라도 좋게 보는 경향이 있었다. 그런 점에서 봤을 때 인간들로부터 별다른 반감을 살 것 같지 않았다.

"일단 이건 쓸 만하겠군."

라인하르트는 라흐만 교배종을 따로 선별해 놓았다. 그리고 다시 교배 실험을 이어 나갔다.

그렇게 열일곱 번째 교배 실험이 끝났을 때 쓸 만한 알로아 교배종이 나왔다. 그리고 스물한 번째 교배 실험이 끝났을 때 두 번째 라흐만 교배종이 나왔다.

그렇게 총 76차례의 교배 실험이 끝났다.

그 결과 4종류의 브리츠 교배종과 8종류의 라흐만 교배종, 그리고 2종류의 알로아 교배종을 얻을 수 있었다.

실험을 통해 얻은 교배종들은 하나같이 대륙에서 재배하더라도 손색이 없어 보였다.

외형은 물론이고 마계의 특색까지 담아서 상품화하더라도 성공할 것 같았다.

그렇다고 이 많은 교배종을 전부 중간계에 풀어놓을 수는 없는 노릇이었다.

"이것들을 들고 따라 와."

라인하르트는 앞장서서 107번 방으로 향했다. 그리고 방의 환경을 아베론 영지의 농경지와 일치시킨 다음에 식물들을 차례대로 심었다.

교배종 중에 아베론 영지와 가장 잘 어울리는 교배종을 최종적으로 선택할 생각이었다.

그 결과 세 번째 브리츠 교배종과 첫 번째 라흐만 교배종, 그리고 두 번째 알로아 교배종의 마기 흡수력이 가장 뛰어나다는 것을 확인할 수 있었다.

"자, 이것들을 가지고 3번 실험실로 들어가라. 가서 내가 멈추라고 할 때까지 씨앗을 만들어 와라."

라인하르트는 돌려보냈던 여자들을 다시 불러내어 3번 실험실로 집어넣었다. 그리고 밖에서 다시 3시간을 기다렸다.

3시간 후 3번 실험실을 나온 여자들은 아공간에서 세 교배종의 씨앗을 꺼내어 실험실 창고 안에 채워 넣었다.

그 양이 어찌나 많던지 아베론 영지 전체에 퍼뜨려도 충분할 것 같았다.

"이 정도면 충분하겠지."

라인하르트는 창고에 쌓인 씨앗들을 아공간 안으로 전부 집어넣었다. 그리고 여자들에게 다시 명을 내렸다.

"내가 다시 올 때까지 여기 있는 창고들을 전부 씨앗들로 채워 넣어라, 알겠지?"

"알겠습니다, 주인님."

"알겠습니다, 주인님."

여자들이 동시에 고개를 숙였다. 그녀들을 뒤로한 채 라인하르트는 아공간 실험실을 벗어났다.

라인하르트가 방으로 돌아와 아공간 실험실을 아공간 속에 집어넣고 주변을 정리했을 때는 벌써 날이 밝아오고 있었다.

"이제 이걸 적당히 퍼뜨리는 일만 남았군."

라인하르트는 마법을 통해 단숨에 새로운 마법 결계 부근으로 이동했다. 그리고 적당히 눈에 띌 만한 곳에 세 교배종의 씨앗을 적당히 뿌려 놓았다.

"시간이 없으니까 빨리 빨리 자라거라."

마지막으로 라인하르트가 대지를 향해 생장 촉진 마법을 시전했다. 그러자 대지에 스며들었던 씨앗들이 동시에 싹을 틔워내기 시작했다.

"여기에만 뿌릴 게 아니라 결계 밖에도 좀 뿌려놓아야겠지."

라인하르트는 씨앗을 들고 결계 밖으로 성큼 나아갔다. 순간 사나운 마기가 집어삼킬 듯 으르렁거렸지만 라인하르트는 눈 하나 까딱하지 않았다.

평생을 마계에서만 살아온 그에게 마기는 친숙한 것이었다.

마기들도 라인하르트가 위대한 마족이라는 사실을 알고는 언제 그랬냐는 것처럼 그의 몸을 부드럽게 휘감았다.

"녀석들."

피식 웃음을 흘리며 라인하르트는 부지런히 씨앗을 뿌려 놓았다. 라인하르트의 의도를 알아차린 것일까. 마기가 바람처럼 나부껴 씨앗들을 멀리 퍼뜨려 주었다.

그렇게 모든 준비를 끝마친 라인하르트는 다시 마법을 이용해 아베론 성으로 돌아왔다. 그리고 웃는 얼굴로 엘리자베스에게 임무 결과를 보고했다.

"최적의 교배종을 만들어 영지 북쪽에 뿌려 놓았습니다. 생장 촉진 마법을 사용했으니 아마 사흘쯤 기다리면 교배종을 보실 수 있을 겁니다."

"수고했어요. 라인하르트."

엘리자베스가 만족스러운 얼굴로 고개를 끄덕였다.

대륙의 식물과 비슷한 외형의 교배종이 만들어졌으니 이제 마계 식물이 의심받을 일은 없을 터였다.

이제 남은 건 우연을 가장해 레이샤드와 함께 재배지를 방문하는 것뿐이었다.

3

아침 일찍 아베론 성을 나선 병사는 말을 타고 부지런히 남쪽으로 내달렸다.

아베론 영지 남쪽. 주변의 세 영지와 이어지는 지점에는 포인트 상단의 분점이 자리 잡고 있었다.

"워, 워!"

상단 건물을 발견한 병사가 말고삐를 잡아 당겼다. 그러자 발굽 소리를 듣고 나온 점원이 냉큼 달려와 병사의 말고삐를 잡아주었다.

"아침부터 고생이 많으십니다."

점원이 병사를 향해 인사를 건넸다. 그러자 병사가 인사 대신 살짝 웃어 보였다.

"로렌은 안에 있는가?"

병사가 서신을 전담하는 점원을 찾았다. 그러자 점원이 큰 목소리로 로렌을 부르려 했다.

그때였다.

"절 찾아오셨습니까?"

건물 안에 있을 것이라 여겼던 로렌이 건물 뒤쪽에서 모습을 드러냈다.

"마침 잘 왔네. 이것들 좀 부탁하네."

병사가 말에 탄 채로 서신을 내밀었다.

무례인 줄은 알지만 말에서 내리지 않고 말고삐를 돌리는 편이 영지에 조금 일찍 도착할 수 있는 유일한 방법이었다.

그러자 로렌이 말 근처까지 다가가 서신을 받았다.

"따로 하실 말씀은 없으십니까?"

로렌이 병사를 향해 물었다. 그러자 병사가 가볍게 고개를 끄덕이고는 말머리를 돌렸다.

다가닥다가닥.

병사를 태운 말이 북쪽으로 빠르게 멀어져 갔다. 그 모습을 지켜보던 로렌이 의미 모를 웃음을 흘렸다.

4

아침을 먹기가 무섭게 레이샤드는 상업을 담당하는 브루스와 경험 많은 광부들을 성으로 불러들였다. 그리고 그들과 함께 마차를 나눠 타고 라인하르트가 점찍은 흑철광의 매광지로 향했다.

"여, 영주님, 더 이상 가면 안 되지 않습니까?"

마차가 거침없이 영지를 내달리자 브루스가 소스라치게 놀라며 말했다.

예전의 결계만 알고 있던 탓에 마부가 길을 일은 줄 오해한 것이다.

그러자 레이샤드가 걱정할 것 없다며 웃어 보였다.

"걱정하지 않아도 괜찮아요. 영지를 보호하는 마법진을 변경했어요. 그래서 예전보다 영지가 훨씬 넓어졌답니다."

레이샤드의 설명에도 브루스는 불안한 듯 주변을 두리번

거렸다.

하지만 뒤따라오는 광부들의 반응은 달랐다. 뭐가 어떻게 된 일인지는 잘 모르겠지만 마차 안에는 자신들만 타고 있는 게 아니었다.

영주인 레이샤드를 태운 마차가 설마 위험한 곳으로 들어갈 리 없다고 여겼다.

잠시 술렁였던 마차는 폐광된 구리 광산을 지나 흑철이 매장되어 있다는 산기슭에 멈춰 섰다.

"자, 여기예요."

레이샤드가 앞장서서 마차에서 내렸다. 그리고 광부들에게 산기슭을 파 보라고 지시했다.

"여긴 왜 파 보라는 말씀이십니까?"

나이 많은 광부가 일행들을 대표해 물었다.

"어쩌면 이곳 어딘가에 여러분이 그토록 바라던 흑철이 매장되어 있을지도 모르거든요."

레이샤드가 눈을 반짝이며 말했다. 그러자 긴장하고 있던 광부들의 표정이 달라졌다.

"저, 정말 이곳에 흑철이 묻혀 있습니까?"

"오오, 그럼 이럴 게 아니라 어서들 파 봅시다!"

광부들은 하나같이 날이 선 곡괭이를 집어 들었다. 그리고는 있는 힘껏 산기슭을 파내기 시작했다.

당장에라도 흑철이 튀어나올 것 같은 기대와는 달리 한동안 흙과 잡광석들만 채굴되었다.

그러나 채광 경험이 많은 광부들은 크게 신경 쓰지 않았다. 잡광석이야말로 근처에 광산이 있다는 신호나 마찬가지였다.

반면 레이샤드는 긴장 어린 눈으로 광부들에게서 눈을 떼지 못했다.

라인하르트의 말을 의심하는 건 아니지만 생각만큼 빨리 흑철이 모습을 드러내지 않은 탓에 초조함이 밀려들었다.

그렇게 한 시간쯤 지났을까.

"나, 나왔다!"

광부 하나가 크게 소리쳤다. 그가 가리킨 곳에는 정말로 거무튀튀한 광석이 박혀 있었다.

"흑철이 확실해?"

다른 광부 하나가 와서 물었다. 그러자 광부가 곡괭이를 내밀며 말했다.

"이 곡괭이를 보고도 그런 말이 나와?"

철로 만든 광부의 곡괭이는 코가 완전히 휘어져 있었다. 흑철의 단단함을 미처 감당하지 못한 모양이었다.

"정말 흑철이네. 정말 흑철이야. 내 생전에 흑철 광산을 다 보다니⋯⋯!"

나이 든 광부가 감격에 겨워했다. 그만큼 대륙에서 흑철 광산을 발견하기란 쉬운 일이 아니었다.

하지만 흑철 광산이 눈앞에 있다고 해도 곧바로 채굴이 되는 것은 아니었다.

일단 광도를 내기 위한 기초 공사가 필요했다. 제련소도 마련해야 했고 흑철로 만든 곡괭이도 챙겨 놓아야 했다.

그 외에도 준비해야 할 게 한두 가지가 아니었다. 그럼에도 광부들의 표정은 더할 나위 없이 밝아 보였다.

"영주님, 정말 감사합니다."

"이게 다 영주님 덕분입니다."

광부들은 앞다투어 레이샤드에게 절을 했다.

바로 어제까지만 해도 할 일이 없어 고심하던 그들이다.

오래도록 정이 들었던 영지를 떠나야 할지도 모른다는 사실에 입맛조차 떨어져 있었다.

그런데 하루아침에 새 광산이 생겼으니 이 모든 게 레이샤드의 은혜처럼 느껴졌다.

"필요한 게 있으면 언제든지 말씀하세요."

레이샤드도 웃으며 고개를 끄덕였다. 광부들의 활기찬 모습을 보니 절로 기분이 좋아졌다.

레이샤드는 브루스에게 뒷일을 맡기고 다시 성으로 돌아왔다. 집무실로 들어온 그를 엘리자베스가 반갑게 맞아주었다.

"레이, 나와 함께 갈 데가 있어요."

"어딘데요?"

"일단 가보면 알아요."

엘리자베스는 레이샤드의 손을 잡아끌고 집무실을 나섰다. 그리고 당당하게 아돌프에게 동행을 요청했다.

"저도…… 말입니까?"

"네, 오늘 아침에 라인하르트가 산책 삼아 영지를 살피다가 재밌는 걸 발견해 냈다는데 총관께서도 함께 보는 게 좋을 것 같아서요."

엘리자베스의 권유에 아돌프는 마지못해 고개를 끄덕였다. 자신이 부탁했던 정보가 도착하려면 족히 두어 달은 소요될 것이다.

그때까지는 레이샤드를 위해서라도 브론즈 남작가의 비위를 적당히 맞춰 줄 생각이었다.

"영주님, 일도 중요하지만 식사는 하고 가셔야죠."

성을 나서려는 레이샤드를 실비아가 막아섰다.

엘리자베스 일행이야 식사를 하지 않아도 상관없지만 인간인 레이샤드는 규칙적인 섭생이 무엇보다 중요했다.

이대로 성을 나서면 아마 날이 저물어서야 돌아오게 될 것이다. 두 끼나 굶어서는 제대로 힘을 내기 어려웠다.

"알았어. 그렇게 할게."

레이샤드는 발걸음을 되돌려 식당으로 향했다. 졸지에 엘리자베스의 뒤를 따르던 아스타로트와 라인하르트도 함께 식사를 하게 됐다.

엘리자베스는 이번에도 아무렇지도 않게 인간들의 식사를 즐겼다.

반면 아스타로트는 고역이 따로 없었다. 레이샤드가 지켜보는 앞에서 싫은 내색도 하지 못한 채 주어진 음식을 흡입하듯 삼켜야 했다.

"이제 가볼까요?"

점심 식사를 끝마치기가 무섭게 레이샤드 일행은 곧장 마차에 올랐다.

실비아가 후식을 챙기지 못해 안타까워했지만 일정상 그럴 만한 여유가 없었다.

다가닥다가닥.

레이샤드 일행을 태운 마차가 대로를 따라 부지런히 내달렸다. 그렇게 네 시간쯤 내달렸을까.

쿠르르르르릉!

마법 결계 너머로 짙은 어둠이 일행을 반겼다.

"라인하르트님, 이곳에서 뭔가를 발견하신 게 확실합니까?"

아돌프가 경계 어린 눈으로 라인하르트를 바라봤다. 그러자 라인하르트가 대답 대신 구석에 자란 식물들을 가리켰다.

"이게 뭐죠?"

식물을 발견한 레이샤드가 눈을 치떴다. 그러자 엘리자베스가 슬쩍 귀엣말로 진실을 알려주었다.

"지난번에 말했던 농경지를 회복시켜 줄 식물들이에요. 외형들이 지나치게 튀는 것 같아서 교배를 시켜 봤어요."

"아……!"

레이샤드는 그제야 고개를 끄덕였다. 그리고는 성큼성큼 식물들 쪽으로 다가갔다.

엘리자베스의 말처럼 눈앞의 식물들은 대륙의 일반적인 식물들과 큰 차이가 없어 보였다.

붉은색이 감도는 줄기가 색다르긴 했지만 그것뿐이었다. 그 누구도 이 식물들을 보고 중간계의 식물이 아니라고 단정 짓지는 못할 것 같았다.

식물들의 효능을 잘 알고 있던 레이샤드가 발치에 있던 식물을 힘껏 뽑아 보았다.

그 순간 조금 갈색 빛으로 변한 대지가 눈에 들어왔다.

"아돌프 경! 이리 와서 이것 좀 봐요!"

레이샤드가 호들갑스럽게 아돌프를 불렀다.

"왜 그러십니까?"

아돌프가 내키지 않은 얼굴로 다가왔다. 그러다 레이샤드가 가리키는 곳을 보고는 입을 쩍 하고 벌리고 말았다.

놀랍게도 식물이 자란 대지는 색이 달라져 있었다. 그것은 다시 말해 식물이 대지에 스며들었던 마기를 흡수했다는 의미였다.

아돌프는 즉시 몸을 낮추고 다른 식물들도 뽑아 보았다. 식물들이 자란 자리는 하나같이 대지의 색깔들이 갈색 빛으로 변해 있었다.

"보서서 아시겠지만 이 식물들은 마기를 흡수하는 능력을 가지고 있는 것 같습니다. 아무래도 대륙의 식물들이 마기에 적응하면서 생긴 변종 같은데 마기의 흐름을 따라 위쪽에서 내려온 것 같습니다."

라인하르트가 제법 진지한 얼굴로 상황을 설명했다. 아돌프를 납득시키기 위해서는 이 정도 설명은 필요했다.

아돌프도 충분히 그럴듯하다며 고개를 끄덕였다.

그러자 레이샤드가 기다렸다는 듯이 라인하르트의 말을 받았다.

"그럼 이 식물들을 농경지에 심으면 농경지를 되살릴 수 있는 건가요?"

"일단 시도는 해봐야겠지만 가능성이 높다고 생각하고 있습니다. 영주님."

"그래요? 그럼 미안하지만 라인하르트가 재배를 도와줄 수 있나요?"

"영주님이 부탁하시는데 물론 도와드려야지요."

라인하르트가 당연하다는 듯 고개를 숙였다.

"아돌프 경, 어때요? 이 식물들만 있으면 영지에도 다시 농사를 지을 수 있을 것 같지 않아요?"

레이샤드가 아돌프를 바라보며 들뜬 목소리로 말했다.

"당장은 어렵겠지만 아마도…… 그렇게 될 것 같습니다."

아돌프는 레이샤드의 부푼 바람을 꺾고 싶지 않았다. 게다가 그 역시도 충분히 가능성이 있는 일이라고 생각하고 있었다.

"그럼 이 문제를 브루스 경과 상의해 줘요."

레이샤드가 영주로서 아돌프에게 지시를 내렸다.

"알겠습니다, 영주님."

아돌프가 즉시 고개를 숙였다.

하지만 그의 머릿속은 더욱 부풀어 오른 브론즈 남작가에 대한 의문들로 복잡하기만 했다.

5

레이샤드가 새로운 광산을 발견했다는 소식은 영지 전역에 빠르게 퍼져 나갔다.

"새 광산이 발견됐다니? 그게 정말이야?"

"그렇다니까. 게다가 그냥 광산이 아니라 흑철 광산이야. 흑철 광산!"

"언제인지 모르겠지만 제국의 광산 개발자가 말했다던 그 흑철 광산?"

"그래. 그러니까 여기서 이러지 말고 어서 가보자고. 더 늦었다간 좋은 자리를 빼앗길지도 몰라."

아베론 영지의 광부들은 앞다투어 흑철 광산으로 향했다. 그 수가 무려 150명. 다행히도 광산 하나를 새로 개발할 수 있는 숫자로는 충분했다.

"곡괭이들을 내게 가져오시오. 내가 흑철을 캘 수 있도록 손을 봐줄 테니까."

대장장이 피치도 광산 개발에 한몫 거들었다.

그는 자신이 가지고 있던 흑철을 녹여 광부들이 가져온 곡괭이의 코에 덧씌웠다.

곡괭이 전체를 흑철로 만든다면 적잖은 시간과 재력이 소비되겠지만 임시방편으로나마 덧입힌다면 어렵지 않게 150자루의 곡괭이를 만들 수 있었다.

피치의 조력 덕분에 광산 개발은 순조롭게 진행되었다. 게다가 흑철 광산과 폐광된 구리 광산이 가깝기 때문에 그쪽의 기반 시설들을 손쉽게 옮겨 올 수 있었다.

광산에서 광도를 확보했다는 소식이 전해질 무렵.

"영주님, 농경지에 뿌릴 씨앗을 만들었습니다."

라인하르트가 레이샤드의 집무실을 찾았다. 그리고 씨앗

이 담긴 커다란 유리병을 세 개나 내놓았다.

"이제 이걸 뿌리기만 하면 되는 건가요?"

레이샤드가 유리병 하나를 들어 올리며 물었다.

"네, 어차피 마기를 양분으로 삼는 식물이기 때문에 다른 건 필요 없을 겁니다."

라인하르트가 가볍게 웃으며 고개를 끄덕였다.

레이샤드는 영지의 군무를 담당하는 페터슨을 시켜 병사들을 불러 모았다. 그리고 병사들에게 영주 직영 농경지에 씨를 뿌릴 것을 지시했다.

"농경지에 이것을…… 뿌리란 말입니까?"

병사들은 하나같이 의아한 표정을 지었다.

마기로 인해 오염될 대로 오염된 농경지다. 그곳에 씨를 뿌리는 것만큼 무의미한 일은 없을 것 같았다.

"그러니까……."

레이샤드는 병사들이 납득할 수 있도록 식물의 특성에 대해 설명해 주고 싶었다. 하지만 페터슨은 그런 병사들의 태도를 무례라고 받아들였다.

"영주님께서 시키시는 일인데 무슨 말들이 그리 많아? 설마 영주님께서 허튼 일을 시키셨을까 봐 그래?"

페터슨의 호통에 병사들은 하나같이 목을 움츠렸다.

비록 기사는 아니었지만 아베론 영지의 군무 담당 관리로서 보여주는 페터슨의 영향력은 어지간한 기사 그 이상이었다.

병사들은 페터슨의 지시에 따라 영주 직영 농경지로 향했다. 그리고 농경지를 돌아다니며 골고루 씨를 뿌렸다.

"식물이 자랄 때까지 얼마나 걸릴까요?"

레이샤드가 성 밖으로 구경을 나온 라인하르트에게 다가가 말했다.

"저 식물들의 평균적인 생장 속도는 대략 한 달 정도입니다."

"한 달이요?"

"교배를 하면서 생장 속도에도 신경을 썼습니다."

라인하르트는 교배를 통해 생장속도를 끌어 올린 것이라고 둘러댔다.

하지만 이 같은 빠른 생장은 마계 식물들의 주된 특성 중 하나였다.

"그렇다면 언제쯤 농사를 짓는 게 가능해질까요?"

레이샤드가 기대 어린 눈으로 물었다.

생장이 빠른 만큼 마기의 소비가 늘어난다면 농경지에서 농사를 짓는 것도 불가능한 꿈만은 아닐 것 같았다.

"글쎄요. 조금 더 지켜봐야겠지만 대지에 흡수된 마기를 적정 수준 이하로 낮추려면 적어도 2년 정도는 걸리지 않을까 생각하고 있습니다."

라인하르트가 조심스럽게 대답했다. 식물들을 재배한다고

해서 곧바로 농사를 짓기란 무리한 바람이었다.

"2년이나 기다려야 하는군요."

순간 레이샤드의 얼굴에 아쉬움이 번졌다.

하지만 그것도 잠시.

2년 후에는 농사를 지을 수 있다는 희망을 품으며 레이샤드는 애써 미소를 머금었다.

6

레이샤드가 파종(播種)을 하느라 정신이 없을 무렵.

엘리자베스와 골드마크는 귀금속만 전문적으로 거래한다는 쥬어스 상단의 상인들과 마주하고 있었다.

진금의 마땅한 매입처를 찾던 골드마크는 포인트 상단을 통해 쥬어스 상단이 포인트 백작령에 머무르고 있다는 사실을 전해 들었다. 그래서 사람을 시켜 아베론 영지로 불러들인 것이다.

"먼 길 오시느라 정말 고생 많으셨습니다."

골드마크는 특유의 넉살스러운 태도로 쥬어스 상단을 맞이했다.

하지만 정작 상인들의 시선은 엘리자베스를 향해 있었다. 이토록 아름다운 여인이 이런 옹색한 영지에 있을 것이라고는 생각지도 못한 모양이었다.

"흠, 흠. 여러분께서 보셔야 할 건 저희 아가씨가 아니라 바로 이것입니다."

골드마크가 아돌프로부터 다시 건네받은 진금을 책상 위에 올려놓았다. 그제야 상인들이 하나둘씩 진금에 관심을 보이기 시작했다.

"흠⋯⋯. 금이로군요."

한참 동안 금덩어리를 바라보던 상인 하나가 대수롭지 않게 말했다.

그러자 옆에 있던 상인도 턱을 내밀고는 덥수룩하게 자라난 수염을 매만졌다.

진금은 겉으로 보기에는 그저 평범한 금덩어리에 지나지 않았다. 주먹만 한 금덩어리의 가치가 크다고는 하지만 최상급의 귀금속만 거래하는 쥬어스 상단이 직접 내려 올 정도는 아니었다.

"보여주실 게 이게 전부입니까?"

먼저 말을 꺼낸 상인이 골드마크를 바라봤다. 고작 금덩어리 뿐이라면 실망이라는 표정이었다.

그러자 골드마크가 슬쩍 입가를 비틀었다. 그리고는 가장 오른쪽에 앉아 있는 상인에게 고개를 돌렸다.

"에드워드님이라고 하셨지요?"

"그렇습니다."

"에드워드님께서도 이 금덩어리가 평범한 금덩어리라고 생각하십니까?"

골드마크의 도발 어린 질문에 에드워드가 살짝 눈가를 찌푸렸다. 그렇지 않아도 어딘지 모르게 달라 보이는 느낌 때문에 속으로 고민을 하던 차였다.

눈앞의 금덩어리는 다른 금덩어리와 크게 다를 게 없었다. 전체적인 생김새부터 시작해 광택까지 일반 금덩어리로 봐도 무방할 정도였다.

하지만 금덩어리를 통해 느껴지는 느낌은 일반 금과 사뭇 달랐다.

일반 금덩어리는 황금빛 특유의 따뜻함과 포근함이 느껴졌다. 그래서 보는 이로 하여금 절로 미소를 짓게 만들었다.

반면 눈앞의 금덩어리는 달랐다.

어딘지 모르게 차가우면서도 날카로운 느낌이 금과는 전혀 다른 금속이라고 항변하는 것 같았다.

"조금 자세히 살펴봐도 되겠습니까?"

에드워드가 골드마크에게 양해를 구했다. 그러자 골드마크가 당연하다며 고개를 끄덕였다.

에드워드는 금덩어리를 두 손으로 잡아들었다. 순간, 그의 눈썹이 미묘하게 비틀렸다.

지금까지 이 정도 크기의 금덩어리는 수도 없이 잡아보았다. 그래서 대략 어느 정도 무게가 나가는지 몸으로 알고 있었다.

　그런데 이 금덩어리의 무게는 훨씬 묵직했다. 마치 철덩어리에 금으로 도금을 해놓은 것 같았다.

　만일 안목이 부족한 상인이었다면 가짜 금이라며 신경질적으로 내던졌을 것이다.

　하지만 에드워드는 금덩어리에게서 느껴지는 다른 느낌에 신경을 집중했다.

　그건 바로 단단함. 일반 금덩어리에서는 느껴지지 않는 강도가 에드워드의 머릿속을 번쩍하게 만들었다.

　'진금!'

　쥬어스 상단에서도 다섯 명뿐인 A급 감정사답게 에드워드는 금덩어리의 정체를 알아챘다.

　마계의 금속이라 불리는 아만티움의 전단계로 알려진 마계의 금.

　바로 진금이 틀림없었다.

　에드워드는 자신도 모르게 입을 쩍 하고 벌렸다. 〈전설의 귀금속〉이라는 책에서나 보았던 그 진금을 직접 보게 될 것이라고는 생각지도 못한 얼굴이었다.

　'역시. 저 인간은 금을 알아보는군.'

골드마크가 피식 웃음을 흘렸다. 그러자 다른 상인들이 궁금하다는 얼굴로 에드워드를 바라봤다.

"에드워드님, 왜 그러십니까?"

"그냥 금덩어리가…… 아닌 겁니까?"

상인들은 에드워드가 대단한 귀금속을 찾을 때나 경악하듯 놀란다는 사실을 잘 알고 있었다.

또한 에드워드가 어지간해서는 저런 표정을 짓지 않는다는 사실도 잘 알고 있었다.

그런 에드워드가 감탄을 금치 못하고 있으니 대단한 금속인 게 틀림없는 일.

'대체 무슨 금속이야?'

상인들은 속으로 하나같이 머리를 잡아 뜯었다. 하지만 그들 중 누구도 금덩이리가 진금이라는 사실을 알아내지 못했다.

"어떻습니까, 에드워드님. 금을 구입하실 생각이 있으십니까?"

골드마크가 웃으며 물었다. 그러자 에드워드가 당연하다며 냉큼 고개를 끄덕였다.

"저희 상단에 맡겨 주신다면 대륙 최고가로 매입하겠습니다."

말은 그렇게 했지만 에드워드도 진금의 값어치를 어떻게 결정해야 할지 난감하기만 했다.

쥬어스 상단과 쥬어스 상단의 전신이 되었던 상단들의 역사를 통틀어 진금을 거래한 경우는 단 세 번뿐이었다. 그리고 가장 최근의 기록이 200년 전의 기록이었다.

크로노스 왕국의 붕괴와 마기에 대한 우려로 인해 대륙의 물가 변화가 거의 제자리걸음이라곤 하지만 그래도 200년 전 기준으로 대금값을 치른다는 건 A급 감정사의 자존심 상 허락되지 않았다.

200년 전에는 제국의 황실조차 아끼던 시절이었다. 대륙의 모든 나라에서 언제고 닥칠지 모를 마계의 침입에 대비하던 시절이었다. 그렇다 보니 귀금속의 가격이 상당히 낮게 책정되곤 했다.

하지만 지금은 달랐다. 현재 대륙민들은 마기의 공포에서 상당히 벗어나 있었다.

제국도 새로운 황제를 맞이하면서 소비가 급격하게 늘어나고 있는 추세였다.

이 같은 상황에서 진금을 풀어놓는다면? 아마 그 가격은 하늘 높은 줄 모르고 뛰어오르게 될 것이다.

아마 물건을 내놓는 상대도 그 사실을 잘 알고 있을 것이다. 이런 상황에서 쓸데없는 욕심을 부린다면 진금은 다른 상단의 손에 쥐어지게 될 것이다.

"50만 골드면 어떻겠습니까?"

잠시 망설이던 에드워드가 1차적인 금액을 말했다. 순간 옆에 앉아 있던 상인들이 경악 어린 표정을 지었다.

50만 골드라면 어지간한 백작령의 한 해 세입과 맞먹는 금액이었다.

그런데 그것을 고작 주먹만 한 금덩어리를 매입하는 데 내놓겠다니. 에드워드가 실성한 것처럼 느껴졌다.

하지만 정작 골드마크는 딱히 성에 차지 않는 표정이었다.

"50만 골드라. 글쎄요……."

골드마크가 보란 듯이 말끝을 흐렸다.

50만 골드도 나쁘진 않지만 그 역시 상인이었다. 본래 장사란 뜸을 들이며 상대의 애를 타게 만들어야 했다.

그러자 초조해진 에드워드가 즉시 2차 매입가를 내놓았다.

"55만 골드면 어떻겠습니까?"

순간적으로 5만 골드가 늘어났다. 자연스럽게 상인들의 충격도 커져만 갔다.

그러나 정작 에드워드는 심각했다. 어떻게든 진금을 손에 넣겠다며 투지를 불태우고 있었다.

"60만은 어떻겠습니까?"

55만 골드도 마음에 들지 않았던지 골드마크가 먼저 금액을 제시했다.

상인들은 어이가 없다는 반응이었다.

주먹만 한 금덩어리의 가치는 많이 쳐 줘봐야 5천 골드에 지나지 않았다.

그런데 60만 골드라니. 이 말도 안 되는 거래의 현장을 어찌 받아들여야 할지 난감하기만 했다.

하지만 에드워드는 더 망설일 것도 없다는 듯 고개를 끄덕였다.

"그렇게 하겠습니다. 10만 골드는 현금으로, 그리고 나머지 50만 골드는 저희 상단에서 발행하는 수표로 대신하도록 하겠습니다."

에드워드는 그 자리에서 금화 주머니 10개를 꺼냈다. 그 안에는 100골드짜리 금화가 100개씩 담겨 있었다.

뒤이어 쥬어스 상단의 인장이 찍힌 수표도 발행해 주었다. 수표는 쥬어스 상단은 물론이고 쥬어스 상단과 거래를 하는 그 어떤 상단에서라도 돈으로 교환할 수가 있었다.

"만족스러운 거래였습니다."

말 몇 마디에 무려 60만 골드를 손에 넣은 골드마크가 웃으며 말했다.

그가 예상했던 가격은 53만 골드 정도였다. 거기에 추가로 7만 골드를 더 벌여 들였으니 남는 장사를 한 셈이었다.

그러나 에드워드도 손해 볼 것은 하나도 없었다. 이 진금을 귀금속으로 만들어 판다면 그 곱절은 벌어들일 자신이 있었다.

"이 돈을 어떻게 할까요?"

상인들을 내보낸 뒤 골드마크가 엘리자베스를 바라봤다.

만일 금덩어리를 팔아 60만 골드를 벌었다는 사실이 알려진다면 레이샤드는 물론이고 관리들도 경악을 감추지 못할 것이다.

하지만 이 돈이 그대로 영지의 창고에 들어간다는 건 너무나 안타까운 일이었다.

그런 골드마크의 속내를 꿰뚫은 것일까?

"1만 골드를 제외한 나머지 금액은 골드마크가 관리해."

엘리자베스가 은밀히 지시를 내렸다.

"맡겨만 주십시오, 황녀님. 결코 실망시켜 드리지 않겠습니다."

골드마크가 길게 입가를 찢었다.

그렇게 크로노스 왕국 복원을 위한 첫 단추가 은밀하게 꿰어졌다.

『영주 레이샤드』 3권에 계속…

노주일 新무협 장편 소설

FANTASTIC ORIENTAL HEROES

청어람이 발굴한 신인 「노주일」
그가 선사하는 즐거운 이야기!

내 나이 방년 스물셋. 대륙을 휘몰아치는 전쟁에서
간신히 살아남아 고향으로 돌아왔다.
사실 전쟁은 이미 이기고 지는 건 문제도 아니었다.
단지 전후 협상만이 탁상공론으로 오고 갔을 뿐.
하지만 전쟁터에서는 항시 사람이 죽어 나갔다.
이유도 알지 못한 채 그냥.
그러던 차에 전후 협상처리가 되고 나서 전역했다.
그리고는 곧장 뒤도 돌아보지 않고 고향으로!

『이포두』

내 가족과 내 친구가 있는 곳으로!

Book Publishing CHUNGEORAM

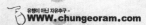

유행이 아닌 자유추구 -
WWW.chungeoram.com

FANTASTIC ORIENTAL HEROES

용훈 新무협 판타지 소설

무림공적, 천살마군 염세악!
검신 한호에게 잡혀 화산에 갇힌 지 백 년.

와신상담… 절치부심… 복수무한…

세월은 이 모든 것을 잊게 하고
세상마저 그를 잊게 만들었다.
하지만.

"허면 어르신 함자가 어찌 되시는지……."
우연한 만남, 자신도 모르게 튀어나온 원수의 이름.
"그게… 한, 한호일세."

허무함의 끝에서 예기치 않게 꼬인 행로.
화산파 안[in]의 절세마인, 염세악의 선택!

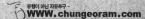

**수십 년 전, 용병왕의 등장으로 생겨난
왕국과 용병의 세계.
평소엔 한없이 가볍지만 화나면 누구보다 무서운,
놀고먹고 싶은 그가 돌아왔다!**

하지만 바람과는 달리 과거 그의 앙숙과 대륙의 판도는
도저히 그를 놓아주질 않는데……

"용병은 그냥, 돈 받고 칼을 빌려주는 놈들이니까."

그의 용병 철학은 단순했다.

"물론, 누구에게 빌려주느냐가 문제겠지?"

도시의 주인

말리브 장편 소설

FUSION FANTASTIC STORY

말리브 작가의 신작 현대 판타지!

죽기 위해 오른 히말라야.
그러나, 죽음의 끝에 기연을 만나다!

『도시의 주인』

다시 한 번 주어진 운명.
이제까지의 과거는 없다!

소중한 이를 위해! 정의를 외친다!

Book Publishing CHUNGEORAM